ベリーズ文庫

別れた警視正パパに見つかって情熱愛に捕まりました

森野りも

STARTS
スターツ出版株式会社

目次

別れた警視正パパに見つかって情熱愛に捕まりました

別れた警視正パパに見つかって
情熱愛に捕まりました

プロローグ

追憶が見せた幻かと思った。

揺れる花の向こう、視界の先に浮かび上がった長身の人影。だんだんこちらに近づいてくる様子を、佳純《かすみ》は茫然《ぼうぜん》と見守ることしかできなかった。

(そんなはずない……彼がここに来るなんてありえない。きっと人違いだ)

そうであってほしいと強く願いながら、ただ立ちすくむ。

「佳純」

記憶と変わらぬ声で自分の名前を読んだのは、間違いなく彼だった。大きく跳ねた鼓動がドクドクと鳴りやまない。

やっと絞り出せた声は、自分でも驚くくらい掠《かす》れていた。

「なん、で」

こんな偶然、起きてはいけなかったのに。

少し息を上げながらこちらを見つめているのは、かつて身も心も捧げ誰よりも愛した、そして二度と会うつもりがなかった人。

頭の中が、どうしようという焦りで埋め尽くされる。この状況を乗り越える方法が思いつかない。

「あの……」

苦し紛れに口を開いた佳純の足元に、小さな存在が抱き着いてきた。

「ママ？」

その子に気づいた彼の秀麗な顔が、みるみる驚愕《きょうがく》に支配されていく。常に落ち着いていて取り乱すことなどなかった彼のこんな表情、一度も見たことはなかった。

佳純は震える手で息子を引き寄せる。この子は佳純のすべて。ひとりで産み、大事に育ててきた自分だけの最愛の存在。

それなのに、息子の顔は驚くほどによく似ていた。目の前に立つ元恋人と。

握り合った手

「おはようございます！」

　朝八時半、出勤した岡本《おかもと》佳純が明るい声で朝の挨拶をすると、すでに開店の準備を始めている早番のスタッフが手を止めて返事をしてくれた。

　佳純は、ここ『フローリスト　デ・パール』で働く二十四歳。高校卒業後に就職してているのですでに六年経つ。

　フローリスト　デ・パールは東京都杉並区《とうきょうとすぎなみく》内に店舗を三つ展開しているフラワーショップだ。佳純が勤めるこの店はその中のひとつで京王井《けいおうい》の頭線《かしらせん》沿いの駅から歩いて七分ほどの場所にある。三階建てのビルの一階をまるまる借りており、広々とした店内には切り花はもちろん、鉢物やプリザーブドフラワーなど花に関する様々な商品が所狭しと並んでいる。

　佳純は店の奥でパソコン作業をしている店長に近づいた。

「店長、おはようございます」

「あっ、おはよう佳純ちゃん」

店長は顔を上げて椅子から立ち上がる。

佳純が就職してすぐにこの店舗の店長になった彼女は四十代中盤の女性で、一六〇センチの佳純より八センチほど背が高く、女子バレーボール選手のようなスレンダーな体形をしている。

広い店中を生き生きと動き回り接客も丁寧。アレンジの腕も一流で、彼女を指名して依頼をする固定客も多い。

「このたびは、急に一週間も休むことになってしまいすみませんでした」

「そんなこと気にしないで……大変だったわね。もう、手続きとか終わったの？」

彼女は高校生の息子を持つお母さんでもあり、優しく頼れる人柄だ。佳純のこともなにかと気を配ってくれる。

「はい、大体のことは。今日からまた頑張りますので、どんどんお仕事振ってくださいね」

店長の気遣いに佳純は笑顔で答えた。

「わかった。でも、疲れてるだろうから無理はダメよ」

店長は掌《てのひら》を佳純の肩に優しく乗せる。

「ありがとうございます」

佳純は頭を下げ、作業に向かった。

やや華奢《きゃしゃ》な体つきをしている佳純だが、力仕事は慣れたものだ。ほかのスタッフと分担して、花の入ったバケツの水の入れ替えや、入荷された花の水揚げ作業を手際よく進めていく。

ディスプレイの整理やポップの書き換えやミニブーケの作製などをしているうちに、あっという間に開店の時間を迎える。

真夏は傷みが早いので生花を買い求める人は少なかったが、九月に入ったここ数日気温下がったためか客足が増えてきている。接客やブーケ作製、電話応対などをしているとあっという間に一日が過ぎていく。

忙しいほうがありがたくて、佳純はいつも以上に熱心に仕事に取り組んだ。

店の営業は通常九時半から十九時までだが、シフト制のため、佳純は十七時半で仕事を上がる。

「お先に失礼します」

遅番のスタッフに声をかけ、退勤した佳純は歩いて十分ほどのアパートに向かった。

築二十五年の昔ながらの賃貸アパートの階段を上がった二階の一室が、佳純がひとりで暮らしている部屋だ。

「ただいま」

ドアを開けると、1Kの狭い部屋にこもった生暖かい空気が家主を迎える。

キッチンで手を洗った佳純は換気扇のスイッチを入れると、窓を開けて部屋の空気を入れ替える。

壁かけ時計を見ると時刻は十八時前。今日は二十一時からスーパーの夜間清掃のバイトが入っている。

「この時間なら病院に行け――」

無意識に出た自分の言葉にハッとする。

「違う……お見舞い、もう行かなくていいんだ」

数秒固まったあと、佳純は小さく溜息《ためいき》をついた。

佳純は、街の小さなフラワーショップ『ラチルス』を営んでいた両親のもとに生まれ、常に花がそばにある環境で育った。

父は一流国立大学を卒業した頭のいい人で、広告代理店に就職したが三年で辞めて花屋を志したという。

きっかけは父が関わったアパレルブランドの広告。様々な種類の花を使ってブランドイメージを表現する企画だった。

花の納入とデザインを担当する業者として企画会議に参加したのが、母だった。

当時母は有名フラワーショップの新米フラワーデザイナーとして勉強中で、このときも先輩について参加していたらしい。

父はお酒が入ると、いつも『花の世界にもお母さんにもあっという間に惹《ひ》かれたんだよ』と幸せそうに笑っていた。

そして、いつか自分の花屋を持つのが夢だという母に共感した父は会社を辞めると、全国展開するフラワーショップチェーンに転職し、開業のための知識を得た。もともと頭がよくて器用な人だったので時間はそれほどかからなかったようだ。

その後ふたりは結婚。母も会社を辞め、同居する父方の祖母と共に店を切り盛りするようになった。丁寧な接客と温かみのあるアレンジが評判で、駅から離れた場所にもかかわらず地元の人たちを中心に愛されるフラワーショップになった。

佳純が生まれたあとは、家族四人で忙しいながらも幸せに暮らしていた。

しかし、佳純が小学六年生のときに母ががんで亡くなってしまう。母をとても愛していた父の悲しみは見ていられないほどだった。それでも父は、母の分まで頑張ると言って店を続けてきた。

佳純も祖母と共に家や店の手伝いをしてきたが、さらに不幸が起こる。高校二年生の夏、父が車での配達中に交通事故に巻き込まれ、そのまま帰らぬ人となってしまったのだ。

ラチルスは突然の閉店を余儀なくされた。佳純は大学進学を諦め、高校卒業と同時に今の勤務先に就職した。

店はなくなってしまったけれど、せめて自分は両親の愛した花に関わる仕事をしていたかったのだ。

佳純はアパートを借りてひとり暮らしを始め、祖母は父の弟で佳純の叔父である岡本正志《まさし》夫婦の家で暮らすことになった。

それまであまり会わなかった叔父が、息子として祖母の面倒を見たいと申し出てくれたのだ。祖母はすぐに了承した。きっと佳純に負担をかけたくなかったのだろう。ずっと忙しく店や家の手伝いをしてきた祖母が、これからは落ち着いた生活ができる。そう安心していたのに、現実は違った。

叔父夫婦は祖母に冷たくあたり、家事をすべて押しつけ遊び回っていた。まさか叔父が実の母である祖母に、そんな仕打ちをするなんて思ってもみなかった。

叔父夫婦に子どもはなく、叔母は夫に愛想をつかしていて、夫婦仲は冷え込んでいた。一般企業の営業職をしていた叔父は、見栄っ張りで金遣いが荒い人だった。祖母を引き取ったのも世間体と年金をあてにしただけ。

姪《めい》である佳純のことも、金づるとしてしか見ていなかった。

『ばあさんを養うには金が必要なんだ。孫のお前が協力するのは当然だろう』

叔父にそう言われた佳純は、給料の大半を祖母の生活費に、さらに、祖母が二年前にがんが見つかって入退院を繰り返すようになってからは、治療費として叔父の口座に振り込んでいた。

昼はフラワーショップ、夜は清掃のアルバイトでお金を稼ぐ日々。祖母が気に病むといけないから、叔父にお金を渡しているとは伝えなかった。朝早くから夜遅くまで働き、合間にお見舞いに行く生活は体力的にきつかったが、祖母のためだと思えば辛《つら》くはなかった。

父母を相次いで亡くした佳純にとって、祖母は自分を愛してくれるたったひとりの家族だったから。

いつかおばあちゃんを引き取って一緒に暮らしたい。そう思って頑張ってきたのに――。

「……もう、おばあちゃんはいないんだ」

一週間前、祖母は病院で静かに息を引き取った。

ひっそりと行われた葬儀の手配も、あとの手続きも叔父や叔母はほとんど関与しなかったので、佳純がひとりですませた。

慌ただしさでごまかしてきた祖母ともう会えないという事実が、こうして普段の生活に戻ると否応なしに突きつけられる。

「おばあちゃん……」

力なく呟《つぶや》くと、この世でたったひとりになってしまったような寂しさで胸が張り裂けそうになる。

じっと俯《うつむ》いていると、佳純の脳裏に祖母にかけられた言葉が浮かんだ。

『佳純はひとりぼっちなんかにならないわ。おばあちゃんにはわかるの。絶対幸せになれるからね』

亡くなる少し前、昏睡《こんすい》状態から一度だけ覚醒した祖母は笑みを浮かべながら佳純の手を握った。

孫娘を心配し、前向きに生きてほしいという気持ちで出た言葉だったに違いない。

「そうだよね……私がいつまでも悲しんでたら、おばあちゃんに心配かけちゃう」

祖母が安心できるように、明日からも毎日をしっかり生きていかなければ。

佳純は涙をこらえ顔を上げると、気合を入れるように自分の頬《ほお》を両手で軽く叩《たた》いた。

数日後の十六時過ぎ、客足が途絶えたので佳純はフラワーキーパーのガラスを拭いていた。フラワーキーパーは花を冷蔵し鮮度を保ちながらディスプレイするもので、フローリスト　デ・パールでも店の奥に設置してある。ブーケ作りを終えた店長がニコニコしながら声をかけてきた。

「ねぇねぇ佳純ちゃん、彼、今日まだ来てないわよね。そろそろいらっしゃるかしら」

「そういえば、今日は十日ですもんね」

そういえば、なんて今思い出したように言ってしまったが、佳純はしっかり意識していた。

この店には一年ほど前から定期的にやってくる男性客がいる。

たまに前後することもあるが、ほぼ毎月十日に姿を見せ、買い求めるのはブーケやアレンジではなく仏花だった。

年齢は三十前後。いつもスーツ姿でやってくる背の高い男性は、俳優のように人目を引くオーラと存在感があり、スタッフの間でちょっとした有名人になっていた。

佳純がその彼にはじめて声をかけられたのは、今から半年前の三月。

『花を見繕ってもらえませんか』

それまで彼は、店頭にあらかじめ準備してある仏花を買い求めていた。会計での簡単なやりとりくらいしかしたことがなかったので、内心驚いた。

用途を聞くと元上司の月命日に合わせて毎月墓参りをしているが、たまには変わった花を供えたいと言う。

ここから少し歩いた場所にある霊園に通っているようだ。

（そっか、それで……。毎月通うなんてその方をとても大切に思っていらっしゃるんだろうな）

そう思った佳純は笑顔で彼を見上げた。一六〇センチの佳純より二〇センチくらい高そうだ。

『お供えに向かないものもありますが、基本的にはご自分が好きだなとか、その方が喜んでくれると思うお花を感覚で選んでいただいてもいいと思いますよ』

彼は佳純のアドバイスにうなずくと、店内のショーケースに視線を移した。

黒髪をうしろに流すように自然にセットし、意志が強そうなしっかりとした目元、高い鼻に男らしい薄い唇。でも粗野ではなく上品な雰囲気も合わせ持っている。思案する横顔も端整……などと見惚《みと》れていると、彼が急にこちらを見たのでバッチリ目が合ってしまった。

『あ、あの……すみません』

ジロジロ見て失礼だったと焦るが、彼は気を悪くする様子もなく「いえ」と一度頭を横に振ると再びショーケースを見て言った。

『これは、どうですか』

指さしたのは淡いピンクのスイートピー。蝶《ちょう》のようにひらひらとした花びらを持ち、バラやラナンキュラスなどに比べたら派手さはないけれど、ふんわりとした温かみのある花だ。

学名は〝ラチルス　オドラッス〟。

両親が自分たちの店名の由来にするほど愛していたスイートピーは、見ているだけで優しい気持ちになれる。佳純も一番好きな花。

赤いバラが似合いそうな落ち着いた大人の男性が、このかわいらしい花を選んだのが少し意外だった。でもとてもうれしくて佳純は声を弾ませた。

『素敵ですね！　では、こちらのスイートピーをメインでお作りしますね』

予算も任せると言われたので、通常の仏花の価格でできる範囲でフリージアなども合わせて手早く準備する。

『お客様の優しいお気持ち、きっとその方に伝わりますね』

春らしい爽やかな花束を笑顔と共に差し出すと、彼は少し驚いたように目を瞬《しばたた》かせてから表情を和らげた。

『そうですね、きっと喜ぶと思います……ありがとう』

それまで顔が整いすぎて近寄りがたいと思っていた人の柔らかい表情を目《ま》のあたりにして、佳純の胸はふいに跳ねた。

彼は、また来ますと言って店をあとにした。

「ねぇ、やっぱり彼、佳純ちゃん目あてで通ってるんじゃない？」

佳純が回想しているうちに、店長の表情がニコニコからニヤニヤに変わっている。

「え、目あてって……」

「佳純ちゃんがあのイケメンにロックオンされてるってこと」

店長は手でピストルを作って佳純を狙うような仕草をする。

「て、店長、冗談はやめてくださいよ。そんなわけないです」

佳純は頬を熱くしながらすかさず否定する。

「だって彼、お店に来ると一目散に佳純ちゃんに話しかけに行くじゃない」

たしかにあれ以来、彼は店に来るたびに必ず佳純に話しかけ、花を買っていくようになっていた。

佳純におすすめの花を聞いたり、自ら選んだりといろいろだが、彼はいつもこちらの説明にしっかり耳を傾けてくれる。

そして、必ず最後はこちらの目を見て『ありがとう』と微笑《ほほえ》む。

彼に笑いかけられると、仕事中だというのに勝手に胸が高鳴ってしまう。そう、いつの間にか佳純は、この男性客に淡い憧れを抱くようになっていた。

「佳純ちゃん、かわいいから気に入られたのよ。そのうち彼から連絡先を渡されるかもよ」

「も、もう、そんなのあり得ないですから。あっ私、外の商品チェックしてきます!」

佳純はこれ以上頬が熱くならないよう、わざとらしく話を断ち切り店の外に出た。並べてあるサービス品の花がだいぶ減っていたので、一旦水替えをしてから新しいものを入れることにする。

バケツに手をかけ顔を上げると、大きな窓ガラスに紺色のエプロンをした自分が映っていた。

(……こんな、ぱっとしない女、あんなカッコいい人が相手にするわけないよね)

店長は気を遣ってかわいいなんて言ってくれたが、体つきも顔も十人並み。美容院に行く頻度が少なくてすむからという理由で伸ばしている黒い髪は鎖骨下くらいまであり、仕事中はうしろでひとつにまとめている。

大学に行かず十八歳のときから昼夜問わず働いてきたから、同年代の女性のようにファッションや恋愛を楽しむ余裕はなく、今ひとつ垢《あか》ぬけない。もちろん彼氏ができた経験もない。

視線を落とすとカサカサに荒れた指先。フラワーショップも清掃のアルバイトも水仕事だ。いくらケアしても追いつかない。

（うん、そうだ。あの人がいつも声をかけてくれるのは、たまたま最初にちゃんと接客したのが私だったから）

花以外の会話といえば、今日は暑いとか雨が降りそうだとか、あたり障りのないことだけだ。

彼はお客様だ。もしかしたら最初の接客が気に入ってくれたのかもしれない。それだけでもありがたいと思わなければ。

（そもそも、彼女がいるにきまってる……っていうか結婚してるかもしれないし）

そんなことを考えながらバケツを持ち上げようと力を入れる。しかし思ったより水がたくさん入っていて片手が縁から外れてしまった。

「あっ……！」

横に倒れたバケツから水が勢いよく流れ出て、乾いた歩道のアスファルトにみるみる吸い込まれていく。

(わ……やっちゃった。店の前に水をぶちまけちゃうなんて)

余計なことを考えているからだと反省しつつ倒れたバケツを戻していると、背中のほうから声がした。

「なぁ、水かかったんだけど」

「えっ」

顔を上げて振り返ると、そこにはふたり組の男性が立っていた。ふたりとも二十代後半くらいで派手な身なり。見るからに柄の悪い人相をしている。

彼らが立っているのはバケツを倒した逆の方向だ。水がかかったとは考えづらい。

(でも、もしかして本当に水が跳ねちゃったのかも)

「も、申し訳ありません」

佳純が慌てて頭を下げて謝ると、ふたりは「いいって」とニヤニヤと笑っている。

「ねー、おねーさんかわいいね。今から俺たち遊びに行くんだけど、一緒にどう？」

そのとき佳純は、この人たちにからかわれ絡まれていると理解した。

「あの、仕事中なので……」

店の前でのトラブルは、ほかのお客様の迷惑になる。早く立ち去ってほしいと願いながら再び頭を下げるが、諦めてくれるどころか、さらに距離を詰めてきた。

「仕事終わるの何時？　迎えに来るからさー」

「いえ、すみません。そういったことは」

あと退《ずさ》りしながら声を絞り出すと、男はわざとらしい声を出した。

「俺、ずぶ濡《ぬ》れなんだけどぉ、だったらこの服、弁償してもらおうかな！」

「ブランド服だから高いよー。お姉さんに払えるの？」

「で、でも……」

やっぱり彼らの服に濡れたような跡は見えない。完全に言いがかりだ。でも、大人の男ふたりを前に怖くてはっきり言い返すことができない。

これはもう店の中に助けを求めるしかないと思ったとき、男のひとりが佳純の手首を掴《つか》んできた。

「いくら払ってもらおうかな～、体で払ってもらってもいいんだけど」

「や、離し……」

手首からゾワリと嫌な感覚が走り振りほどこうとした瞬間、低い声が耳に入ってきた。

「いくらだ」

声の主は、佳純の手首を握る男の腕を捻《ひね》るように素早く掴んだ。

「へっ？　イテテテ！」

男は間抜けな声を出して、佳純の手首から手を離す。

その隙に手を引き一歩下がった佳純は長身の男性の存在に目を丸くした。

「……あなたは」

つい先ほどまで思いを馳《は》せていた人物がそこに立っていた。

「見たところ、服はどこも濡れても汚れてもいないようだが、いくら弁償が必要なんだ？」

彼は落ち着いた声を出しながら、佳純を背中側に庇《かば》うように立った。

「なんだよテメエ！」

「この店に花を買いに来た客だが」

平均的な体格の男ふたりと対峙《たいじ》しながら、彼はまったく怯《ひる》むことがないどころか逆に静かに威圧しているように思えた。

「じゃあ関係ないだろ、どっか行けよ！」

噛《か》みつく男たちに彼は淡々と続ける。

「暴走族崩れの半グレってところか。不当な言いがかりで金を要求しているとしたら、君たちがしているのは恐喝、れっきとした犯罪だ。無理やり女性を遊びに誘う行為は強要罪、脅迫罪にも問える」

彼の的確な指摘に、男たちは目に見えて慌て始めた。

「な、なんだよあんた、弁護士か？」

「弁護士ではないが警視庁で働いているから犯罪には詳しいんだ。なんなら、職務質問してもいいが？」

言いながら彼がスーツのポケットからスッと取り出したのは警察手帳。それを見た男たちは途端に顔色を変えた。

「マジかよ」

広い背中に隠れるようにしながら佳純は目を瞬かせる。

（え、警察の人だったの？）

「す、すんません！　たまたま通りかかってお姉さんがかわいかったから、ちょっとふざけただけなんです」

「そうそう、もう行きますから」

彼が警察官だとわかった途端、男たちはコロリと態度を変えた。

「このことは所轄の交番に伝えておくが、今後店には近づくな」

「はいっ！　わかりました。二度と近づきません。お姉さんごめんなさいっ！」

「あ……」

「失礼しますっ！」

佳純がなにも言えないうちに、男たちは逃げるように走り去っていく。

（よかった、行ってくれた……）

安堵《あんど》で気が抜けて立ちつくしていると、彼は佳純を振り返り心配げな顔で覗《のぞ》き込んできた。

「大丈夫でしたか？」

「あ！　は、はい……」

「この辺りは治安が悪くないはずなんだが、あんな輩《やから》がいたとは。あの様子ではもう来ないと思いますし、さっき言ったように交番にも警戒するように伝えておきますので安心してください」

彼は表情を和らげてゆっくりと話してくれた。男たちと対峙していた声とはまったく違う、労わるような優しい声色にさっきまでの恐怖も緊張もスッと消えていく。

「あの、助けていただいてありがとうございました……警察の方だったんですね」

するると彼は苦笑いしながら答えた。

「ええ、今日は会議ばかりでこちらに来るのが遅くなってしまったんですが、逆によかったかもしれない」

(会議ばかりしている警察の人……普通のお巡りさんではないってことなのかな。それにしても、あんなにあっさりと撃退しちゃうなんて。カッコよかったな)

「本当に助かりました。どうぞ中へ」

彼を伴って店内に戻る。フラワーキーパーにアレンジを並べていた店長が「いらっしゃいませ」と振り返り、こちらに気づいた途端、満面の笑みになる。

少々いたたまれない気持ちになりながら佳純は外であった出来事を報告した。すると、驚いた店長の表情は神妙なものに変わった。

「そうだったの。怖い思いをさせちゃったわね。ほかのスタッフはバックヤードにいたから、店先のことは私が気をつけるべきだったわ」

「いいえ、そもそも私がぼんやりしてバケツを倒さなければよかったんです。それにお客様が助けてくれたのでことなきを得ました」

彼が警察官で、男たちに釘《くぎ》をさしてくれたのできっともう大丈夫だと説明する。

「そうだったんですか……ありがとうございます。お礼にもならないかもしれませんが、今日のお花のお代はサービスさせてください」

店長がした申し出は、せめてお礼になればと佳純も考えていたことだった。

しかし彼は困ったように整った眉を下げた。

「お礼をいただくようなことをはしていませんし、警察官が謝礼を受け取るわけにはいかないので」

「そうですか……」

しっかりした口調で断られ、店長は残念そうな顔になった。

(そっか、この人は警察官としてあたり前のことをしただけなんだ。でも、なにもお返しできないのも寂しいな……)

佳純も歯がゆい気持ちでいると彼は「気にしないでください」と穏やかな声を出した。

「僕のほうこそ彼女が用意してくれる花に癒《い》やしてもらっていますから。色選びのセンスがよくて優しい気持ちになる。故人も喜んでいると思います」

「え……」

(そんなふうに思ってくれてたなんて)

もったいない言葉にうれしさでいっぱいになっていると、店長が佳純の背中をグッと押してきた。

「わっ」

「そうですかそうですか。では今日もウチの優秀フローリスト、岡本佳純二十四歳、彼氏ナシ、好みのタイプは手堅い公務員、が心を込めて作らせていただきますね」

「ちょっ、店長！」

「じゃあ、私は作業があるからあとはお願いね～」

店長はウキウキとした足取りで観葉植物コーナーのほうに行ってしまう。いつの間にか売り場に戻っていたほかのスタッフも、わざとらしく「店長！　鉢物の入荷の件ですけど」などと話しかけ、こちらに来ようとしない。

皆さりげなく気を遣ったつもりなのかもしれないが、全然さりげなくない。

（もう、店長ったら悪ふざけしすぎ！　私が彼氏ナシでも彼には関係ないのに……！）

従業員の個人情報を晒《さら》したうえ、好みのタイプを捏造《ねつぞう》するなんて。公務員なんて言ったら警察官の彼にアピールしているように捉えられてしまうではないか。

「あの、えっと、失礼しました。今のは気にしないでください。き、今日はどんなお花にしましょうか。涼しくなってきたのでお花のラインナップも変わってきまして……」

きっと顔が赤くなっているだろうし、彼の反応が怖くてまともに顔が見られない。早口で話しながら希望を聞くと「今日はお任せします」と返ってきたので、ちょうど入荷し始めたリンドウを使うことにした。

(店長がちょっと冗談を言ったくらいでこんなに挙動不審になっちゃうなんて、いかにも意識してるってバレバレだよ。恥ずかしすぎる)

いつもなら、手を動かしながらする世間話が今日はまったくできなかった。

「……ありがとうございました。お気をつけて」

どうか変な女だと思われていませんようにと願いながら、電子マネーで支払いを終えた彼に紫色の花束を渡す。すると代わりに掌になにかが軽く押しつけられた。

「えっ?」

手の中の小さな紙片の存在に佳純は目を丸くする。彼は真っすぐこちら見ていた。

「よかったら連絡をください」

「あの……」

「待ってます」

佳純の返事を待たずに彼はそう言い残すと、花束を持って店を出ていく。

無言で彼の後ろ姿を見送った佳純は手の中のメモ用紙に目を落とし、しばしの間固まる。

　そこには〝鮫島瞬《さめじましゅん》〟という名前と、彼のスマートフォンの番号と思われる数字が綺麗《きれい》な字で書かれていた。


　それから約一週間後の日曜日の昼過ぎ、佳純は信じられない気持ちで国産高級車の助手席に座っていた。

（まさか、鮫島さんとふたりで出かけることになるなんて）

　瞬から渡されたメモを前に自宅で散々悩んだ末、佳純は勇気を振り絞って電話をかけた。きっと彼は警察官としての責任感から佳純を心配し、その後の様子を確認しようとしているのだ。状況を伝えるのが礼儀だと自分に言い聞かせながら。

　電話に出た彼は思った通り《あのあと大丈夫でしたか？》と尋ねてきた。男たちが戻ってくることはなかったと伝えると《よかった》と安心した様子だった。

　佳純は改めてお礼を伝え、電話を終えようとしたのだが、瞬は予想もしなかった言葉を口にした。

《都内に今の時季珍しいコスモスが咲く公園があるんですが、興味があれば一緒に行きませんか？》

問われるまま直近の休みを伝えた結果、ちょうど瞬の公休日と重なり今日こうして出かけることになったのだ。しかも彼はわざわざ佳純の住むアパートの前まで車で迎えに来てくれた。

(なんという急展開……)

そっと運転席を窺《うかが》うとハンドルを握る彼の整った横顔が見える。シンプルなTシャツにパンツを合わせ、薄手のジャケットを羽織るカジュアルな服装は店で見ていたスーツ姿とは違うが、こちらもモデルのようによく似合っている。

一方佳純はシンプルなカットソーとフレアスカート。少ないワードローブの中から一番まともに見えそうな組み合わせを選んだ。

(それにしたって鮫島さんに比べたら安物感が出ちゃって気が引けるな。実際安物だから仕方ないんだけど)

佳純の視線に気づいたのか、瞬はチラリとこちらを見て小さく笑う。

「よく知らない男にいきなり誘われて嫌じゃなかった?」

今日の彼は口調がくだけていて、いちいち胸が高鳴ってしまう。

「い、いえ……鮫島さんはきちんとした人だと思ってますから」

絡まれていた自分を助けてくれた警察官に対して警戒心などあるわけがなかった。

「でも、すぐに自分がひとり暮らしだとか、住所の情報を他人に教えるのは防犯上よくないな」

「それも、全然気にしていませんでした」

「若い女性が被害に遭う事例を嫌というほど知ってるし、君の住んでるアパートもセキュリティが甘いように見えた……って、硬いことばっかり言ってすまない。そもそも俺が聞き出したんだよな」

ごめん、と苦笑する瞬はリラックスしているように見えた。

「あの、ご心配ありがとうございます。すぐにアパートを引っ越すのは難しいですけど、気をつけます」

「そうしてくれるとうれしい。さて、目的地までそんなにかからないから楽にしていて」

楽にしろと言われても、亡くなった父以外の男性とふたりきりで出かけるなんて一度もなかったし、相手は憧れていた人だ。どうしても緊張してしまう。

「……はい」

「一応警察官だし、困らせるようなことはしないから安心して」

まだ声の硬い佳純を安心させるように冗談めかして笑った瞬は、自身の話をしてくれた。

彼は警視庁に入庁して八年目の三十歳、現在は犯罪分析関連の部署に所属している。

毎月墓参りに行っていたのは休憩時間で、高速に乗れば警視庁のビルがある霞《かすみ》が関《せき》から二、三十分で着くから苦ではないという。

「あまり現場に出ることはないんだが、会議が多くて墓参りはいい息抜きにもなっているんだ」

「毎月花を買いにいらっしゃるので、とても大切な方なんだなって思ってました」

「はじめて配属された部署の上司で、気さくで人望がある人だった。でもその人に俺は『人食《ひとく》い鮫《ざめ》』って変なあだ名をつけられたんだ」

「人食い鮫って、苗字からですか？」

佳純は目を瞬かせる。誠実で落ち着いた瞬の雰囲気と物騒な異名がどうしても合わなかったのだ。

「当時俺はかなり生意気で、捜査方針で意見が合わないと上司だろうと噛みついて困らせていた。だから『鮫島は頑固で一度食らいついたら離れない、たちの悪い人食い鮫だ』ってからかわれていたんだ」

「そうだったんですね」

彼ことをよく知っているわけではないが、そんな熱い一面もあったなんて少し意外だ。

「でも、あの人は〝警察官は人に寄り添う仕事〟というあたり前だけど忘れがちなことを何度も教えてくれた。部署が変わってもずっと俺のことをかわいがってくれて……でも去年定年を待たずに亡くなってしまって。今も教えを忘れないように月命日には墓参りをするようにしているんだ」

前を向く瞬の横顔に寂しげな色が浮かぶ。

（鮫島さん、その方のこと今でもすごく尊敬しているんだろうな）

「そんな大事な方のお墓参りのお花に、毎月うちを選んでいただいてありがとうございます」

佳純は自然と笑顔を浮かべていた。彼の話を聞いているうちに緊張がだいぶ和らいだようだ。

「……最近の目的はそれだけじゃないんだけどな」

明るくなった佳純とは対照的に瞬の声のトーンが少し低くなった。はっきり聞き取れずに首をかしげる。

「え？」

「いや、なんでもない――ああ、見えてきたな。もうすぐ着くよ」

瞬はゆったりとした動作で駐車場へとハンドルを切った。

やってきたのは東京西部の市にある広大な敷地を誇る国営公園だ。車を降りたふたりは公園内を並んで歩いていく。

九月下旬の空は夏より少しだけ高く感じ、風も気持ちがいい。コスモス畑を目指しながら、佳純も少しずつ自身の話をした。

花屋の娘として生まれたが両親が亡くなり閉店せざるを得なかったこと、今の職場でお世話になった経緯を重くならないように簡単に説明する。祖母が先日亡くなったことはあえて伝えなかった。

「うちの店長のアレンジは華やかでお客様に人気があるんですよ。私はついカスミソウに頼りがちなんですが」

「カスミソウって、白い小さな花がたくさんついている？」

「はい。アレンジの余白に使うとふんわりした感じになって纏《まと》まるんです。基本の色は白いんですが、色水で着色してピンクや青にもできるんですよ。あと、佳純っていう名前の由来もカスミソウなので、思い入れが強かったりします」

両親は〝幸福〟や〝清らかな心〟という花言葉を持つ花の名を娘に贈り、大切に育ててくれた。

横を歩く瞬は「そうか」とうなずくと、佳純を見て声を落とした。

「ご両親の想いのこもったいい名前だ」

「……ありがとう、ございます」

（なんだか鮫島さんとお話してると、すごく落ち着くな）

彼はしっかりこちらの声に耳を傾け、咀嚼《そしゃく》したうえで返してくれている。職業がそうさせているのかもしれないけれど、包容力があるというのはこういう人のことをいうのかもしれない。

そんなことを考えていると隣で瞬が声を上げた。

「ああ、見えてきた。あそこだ」

彼が指さした先の丘に黄色の絨毯《じゅうたん》が広がっているのが見える。ふたりは引き寄せられるように速足で丘を目指した。

「……すごく、綺麗……」

一面に広がるコスモスの花の前で佳純は感嘆の声を上げた。

キバナコスモスは一般的なイメージのピンクや白ではなく黄色の花を咲かせる早咲

きのコスモスだ。

その中でもこのレモンブライトという品種はその名の通り抜けるような明るい黄色の花を咲かせるのが特徴だ。太陽の光を受けながら風に揺れる様子は言葉を失うほど美しかった。感動に胸を震わせながらレモン色のシャワーを浴びる。

「生命力のある色だな。輝いて見える」

眩《まぶ》しそうな顔で瞬が呟く。彼も自分と同じように胸を打たれているようだ。

「はい、本当に」

スマートフォンで花を撮りながら緩やかな丘を上り、人けのない場所まで来た佳純は立ち止まり、前を歩く瞬に向かって口を開いた。

「鮫島さん、今日はここに誘ってくださってありがとうございました」

佳純は彼に誘われてから今日を迎えるまでの約一週間、浮き立った気持ちで過ごし、祖母を亡くした寂しさをあまり考えないでいられた。

そして今日は、この輝く花たちに明日からも頑張る元気をもらった気がする。

立ち止まった瞬は、ゆっくりとこちらを振り返った。

「俺のほうこそ一緒に来てくれてありがとう……この場所のことを知ったとき、君と見たいと思ったんだ」

瞬がこちらに一歩踏み出してきた。ぐっと近づいた距離にドクンと鼓動が跳ねたのもつかの間、耳に入ってきた言葉に思考が停止する。

「俺と付き合ってくれないか」

「……えっ？」

(今、付き合ってって言われた？……付き合うって、まさか)

目を見開いたまま固まる佳純に瞬は苦笑を浮かべる。

「あからさまに連絡先を渡したり、こうやってデートに誘ってる時点で察してると思っていたんだけど」

連絡先をくれたのは責任感からだと思っていたし、今日だってデートなんて認識はなかった。彼の意図を知り、佳純の鼓動はうるさいほど主張し始める。

「あ、あの……」

「はじめてあの店で君を見かけてからずっと気になっていた。接客してもらうようになってからはますます惹かれていった。月に一度短い言葉を交わすだけじゃ我慢できないくらいに」

「鮫島さん……」

(そんなに前から、私のことを気にかけてくれていたなんて)

心の中が一気に〝うれしい〟という感情で満たされる。しかし、最初に口をついたのはかわいげのない言葉だった。

「……鮫島さんみたいな立派な方が私なんかとお付き合いなんて、いいんでしょうか」

見た目も性格も地味な自分と、警察官として働き誰もが目を奪われるような優れた容姿を持つ彼が釣り合うようには思えなかったのだ。すると瞬は少しからかうような声を出した。

「好みのタイプは手堅い公務員、じゃなかったのか?」

「そ、それは店長が……!」

店長の悪い冗談を思い出して焦る佳純に瞬は静かに続けた。

「俺は立派な人間なんかじゃないよ。君を彼女にしたくて焦ってるただの男だ」

瞬は佳純に向かって片手を差し出した。

「もう一度言う。俺と付き合ってほしい」

こちらを見つめる瞳は真っすぐで、引き込まれそうなくらい真剣に見えた。

彼に魅了され、自分の気持ちに抗えなくなった佳純は頬を熱くしながら小さくうなずく。

「……はい。よろしく、お願いします」

遠慮がちに掌を重ねると、彼はホッとしたように顔を綻ばせる。

黄色いコスモスが花咲く丘の上でふたりはそっと手を握り合った。


「それにしても、あっさり辞めるとはねぇ」

ベッドに腰かけ、親友はしみじみとした声を出した。

「バイトのこと？」

「そう。私がどれだけ言っても辞めなかったくせに、その彼に諭されてあっさり辞めたんでしょ」

その通りなので佳純は床に置いたクッションの上で身を縮こませる。

「そうだよね。ごめん、柚希《ゆずき》も心配してくれたのに」

「ふふっ、ごめんごめん冗談よ」

山谷《やまや》柚希は明るく笑った。

山谷家は岡本家の三軒隣で小さな工務店を営んでいた。家族ぐるみで仲がよく、同い年の柚希とは保育園から中学卒業までを共に過ごした仲だ。

母が亡くなったときも、柚希や彼女の両親にずいぶん支えられた。しかし高校に入る前、柚希の父が祖父の家業を継ぐため一家で埼玉《さいたま》に引っ越してしまっていた。

それでも彼女とは欠かさず連絡を取り合い、今までずっと友人関係を続けている。柚希にだけは佳純はなんでも相談してきたし、柚希もそうだ。

今、柚希は実家に暮らし、幼い頃からの夢だった保育士として地元で働いている。お互い忙しくてなかなか会うことができないが、今日時間ができたからと言って柚希は佳純の家までやってきてくれた。こうして顔を合わせるのは約一年ぶりだ。

柚希は佳純より背が低く、フワフワの髪の毛で小動物のようにかわいらしい見た目をしているが、性格は頼れる姉御気質だ。

佳純が恋人ができたと報告すると、驚くと同時に手放しで喜んでくれた。

「だいたい、おばあちゃんが亡くなったのに、叔父さんにお金を払い続けるなんてぜったいおかしいよ。そもそも払う必要のないお金だったんじゃない？」

「それ、瞬さんにも同じようなことを言われた……」

瞬と付き合い始めてから既に二カ月ほどたっていたが、佳純の生活はだいぶ変わっていた。

まず、ずっと続けてきたスーパーの夜間清掃バイトを辞めた。祖母は亡くなったが、葬式のとき叔父から『ばあさんの入院費用がかなりかさんだからしばらくは入金しろ』と言われたので続けるつもりでいたのだ。

しかし瞬にバイトのことを知られると、あっという間に叔父にお金を渡していた事情を聞き出され、それはおかしいと指摘された。

（別に悪いことをしていたわけでも、隠していたわけでもないけど、瞬さん聞き出すのがすごくうまくて洗いざらいしゃべってしまったのよね）

祖母が最近亡くなった件に触れると、瞬は『辛い話をさせてごめん』と謝ったあと、バイトは辞めるべきと諭してきた。

『おばあさんは年金をもらっていたんだろう？　公的な医療費助成も受けていたはずだし、一般企業で働いているサラリーマンの君の叔父さんが入院費用を払えないうえ、姪に請求するのは常識的におかしい』

叔父からは祖母は病気の進行を遅らせるための高額な薬を使用していると聞いていた。

『お前が金を出さないとばあさんに満足な治療を受けさせられなくなるぞ』と言われていたから、大好きな祖母の役に立ちたい一心で入金を続けていた。

『もしかしたらそれも嘘《うそ》だったのかもしれない。少なくとももう佳純が支払う必要なんてない』

瞬は冷静に言った。

さらに『夜にバイトしているなんて俺が心配でたまらないんだ』なんて頼まれたら、続けるなんてできなかった。

実際バイトを辞めてみると、肉体的にも精神的にもかなり楽になり、前にも増してフラワーショップの仕事に集中できるようになった。収入は減ったがこれまで叔父に払っていたお金が手元に残るので、逆に少し生活に余裕ができた。

「で、叔父さんは納得したの?」

柚希は土産に持参したマンゴーゼリーの蓋を開ける。佳純もそれに倣《なら》いつつ答える。

「うん、連絡とってこないからわかってくれたんだと思う」

叔父には先月いつも通りお金を振り込んだあと、これで最後にしたいと伝えた。電話の向こうで叔父は『恩知らず』と憤慨していたが、佳純は心を強く持ち、言うことだけ言って電話を切った。

その後、叔父からの連絡はないから大丈夫だと思っている。

今までなら気が弱い自分は叔父の言葉に流されていたかもしれない。でも、瞬のおかげで少しだけ強くなれた気がする。

「もし、なにか言ってきても、振り込まなければいいだけだから」

佳純がはっきり言うと柚希は目を瞬かせ、心底安心したかのような声を出した。

「……よかった。佳純が元気そうで」

「柚希……」

ずっと電話でやりとりはしていたが、こうしてわざわざ家までやってきたのは祖母を亡くした佳純を心配してのことだったのだろう。本当にこの親友の存在に自分は助けられている。

湿っぽくなりかけた雰囲気は、柚希の明るい声に吹き飛ばされた。

「そのうち、彼氏紹介してよね！　さっき見せてもらった写真、モデルかと思ったけど実物もイケメンかこの目でしかとチェックするから」

「もちろん、柚希にはいつか会ってもらいたいな。実物はもっとかっこよすぎてびっくりしちゃうかもよ」

すると柚希は「すでにのろけられてるー！」と笑いながらゼリーの果肉をスプーンですくった。

「佳純、これからもなにか困ったことがあったらすぐに相談しなきゃダメだよ。彼にもだけど、私にもね」

「うん、ありがとう。柚希先生、頼りにしております」

「よしよし。ちなみに私、子どもたちにゆずせんせいって呼ばれてるんだ。皆ほんっとにかわいくてね……」

久しぶりに顔を合わせた親友との楽しい会話は、しばらく続いたのだった。


柚希と会ってから半月後、十二月中旬の金曜、佳純は仕事を終えるとアパートに帰り、身支度を整え駅から電車に乗り込む。夕方から瞬と会う約束をしていたからだ。

今日は東京の丸《まる》の内《うち》にあるホテルで食事をする予定で、ロビーで待ち合わせている。

佳純は電車に揺られながらそっと耳元に手をやった。

(イヤリングこれでよかったかな。あんまりかしこまりすぎてもおかしいし、かといってないと寂しい気がする。オシャレって難しいな)

コートの下には、駅ビルのファッションフロアで買ったネイビーのワンピースを着ている。形も色もシンプルだが、柔らかい素材なので女っぽさが出ている……と思いたい。

耳を飾るのはふと立ち寄ったアクセサリーショップで一目惚《ぼ》れしたイヤリング。淡いピンクの花のモチーフから細いチェーンが垂れ下がり先に小さなパールが揺れる繊細なデザインだ。

見目麗しい瞬の隣にいても少しでも見劣りしないように、そして彼に少しでもかわいいと思ってもらいたいという乙女心で、佳純はデートのたび服装選びに頭を悩ませていた。

(でも、こうやって悩めること自体、お金も時間も自分に使えるようになった証拠だよね。叔父さんにお金払っていたときはそんな余裕なかったもの)

『佳純はもっと自分のために生きなきゃダメだ』

瞬はそう言って、佳純をいろいろな場所に連れ出してくれた。動物園や遊園地。植物園で見た秋咲きのバラはとても美しかった。

幼い頃家族で出かけた思い出はあるが、母が亡くなってからはそういう場所に行くことはなかったし、父を亡くしてからは働いてばかりだったから、彼と行く外出はどこも新鮮で楽しかった。

なにより好きな人と寄り添い手をつないで歩き、同じものを見て話したり食事をする時間は幸せでしかない。

楽しく過ごしたあとは、瞬は必ず車でアパートの前まで佳純を送りおやすみのキスをする。

はじめてのキスは付き合い始めて三回目のデートだった。車から降りようとした佳純の肩が引き寄せられ、覆いかぶさってきた瞬に優しく唇を奪われた。

（あのときはあまりにも恥ずかしくてガチガチに固まって、瞬さんの顔、まともに見られなかったな……）

最近はだいぶ慣れてきたし、むしろ離れがたい気持ちまで持ち始めている。瞬も同じなのか、徐々にキスが長く深くなっている気がする。

瞬の熱い唇の感覚やキスの合間に囁《ささや》かれる『佳純』という低く掠れた声を思い出していた佳純は、目的駅を告げる車内アナウンスでハッと我に返る。

（私ったら電車の中でなに考えて……瞬さんに会えるからって完全に浮かれてる！）

人知れず頬を熱くしながら、雑念を払うように速足でホームに降りる。すると、バッグに入れていたスマートフォンが振動し、着信を伝えた。

邪魔にならない場所まで素早く移動しバッグからスマートフォンを取り出す。画面を見た途端浮ついていた気持ちは一気に霧散した。

（……出ないわけにもいかないか）

佳純は小さく溜息をつき、応答ボタンをタップする。

「佳純です」

《佳純、お前が金を振り込まなくなったから叔父さん困ってるんだ》

いきなり耳に入ってきた言葉に佳純はガックリと肩を落とす。電話をかけてきたのは叔父だった。

（諦めてくれたと思っていたのにこうして連絡を取ってくるなんて、今叔父さんは本当にお金に困っているの？　でも、ちゃんとした企業で働いてるはずだよね）

「前にも言ったけど、あのお金はおばあちゃんのためだったからもう振り込むつもりはないから」

佳純がはっきり拒否すると叔父の声に怒気が混じった。

《ばあさんを引き取ってやった恩を忘れたのか》

「……それは、感謝してる」

父を亡くしたとき佳純は高校卒業前で祖母とふたりで暮らしていくすべなどなかった。祖母も佳純の負担になりたくないと自ら叔父の家に行ったのだ。

《そうだろう？　本当は年寄りなんてめんどくさかったのに引き取ってやったんだ。兄貴が無責任に死んじまうから。だいだい花屋になんてなったのが運の尽きだったんだよ》

「叔父さん……」

叔父の口から次々と心ない言葉が出てきて、佳純は怒りより深い悲しみにさらされる。

——あの子たちの父親が厳しい人でね。私も当時怖くて逆らえなかったからそれがいけなかったのかもしれないわね。

生前祖母がこぼしていたのを聞いたことがある。

祖父母夫婦は子どもたちが成人したあと離婚し、祖父はその数年後亡くなっているのだが、祖父は二歳違いの男兄弟を常に競わせ、優劣をつけて育てたらしい。

努力家で優秀だった父に対して、何事も楽な道を選ぶ叔父は叱られてばかりだったという。そのせいか父に強い劣等感を持っていたようだ。

父が亡くなり祖母を引き取った途端、憂さを晴らすように叔父の言動は冷たくなった。

佳純はそれでもどこか叔父に期待していた。心の中では亡くなった父や祖母を悼《いた》む気持ちを持っているはずだと。でも、電話の口調からはそれはまったく感じられなかった。

(亡くなった人のことを悪く言うなんて)

「とにかく、バイトも辞めたし、お金は払えないから」

虚しさにさいなまれながら、声を絞り出す。

《ばあさんの入院費で借金しているんだよ。アルバイトなら、また始めればいい》

（おばあちゃんのために借金なんて、きっと嘘だ）

「叔父さん、そもそも私の渡したお金、全部おばあちゃんのために使っていたわけじゃないよね」

　すると、電話の向こうでチッと舌打ちする音が聞こえてきた。

《今まではなんでも言うことを聞いてたのに、変な知恵をつけやがって――男でもできたのか？》

「……もう、連絡しないで」

　たったひとりの血のつながった叔父をこれ以上嫌いたくない。そう思い佳純は電話を切った。


　沈んだ気持ちのまま待ち合わせのホテルに到着した佳純は、エントランスの大きな自動扉に映る自分の顔が暗いことに気づく。

（こんなどんよりした顔で瞬さんに会いたくない。笑顔でいよう）

　待ち合わせの時間まではまだ十五分くらいある。今のうちに気持ちを切り替えておこうとそっと強張った頬を両手でおさえると、ロビーに足を進めた。

　東京丸の内、皇居近くに立つホテルは豪華さと気品に溢《あふ》れていた。もちろん佳純が訪れるのははじめてだ。

ロビーに入ってまず目を奪われたのが中央に飾られた大きな装花。大きな壺《つぼ》のような花器に枝物などを大胆に使いながら豪華かつセンスよく仕上げてあり、この空間の主役になっている。

(すごい！　もはやアートだ。うちでもホテルからのお仕事を受けたことあるけど、ここまで本格的なものは扱ったことはないな。写真、撮ってもいいかな)

吸い寄せられるように近づいた佳純はスマートフォン片手に装花の周りをぐるりと回る。

「佳純」

穏やかな声に振り返ると、そこには大好きな恋人が立っていた。

「あ……瞬さん」

警視庁での仕事を終え、そのままこちらに来たはずなのにスーツ姿にくたびれた感じなどなく、ビシッと整っている。落ち着いた笑みを浮かべる彼は、目の前の装花と同じくらいこの場のラグジュアリーな雰囲気に馴染《なじ》んでいた。

佳純は一瞬見惚れてから慌てて彼に近づく。

「気づかなくてごめんなさい。もう着いていたんですね」

まだ時間前だからと油断し彼がいたのに花に夢中になってしまっていた。瞬は謝る佳純の肩をそっと引き寄せる。

「佳純は花より団子じゃなくて恋人より花だから、仕方ないな」

「しゅ、瞬さん」

「冗談だ」

瞬は楽しそうに笑うと佳純の肩を抱いたまま、ゆっくりと歩き出した。

瞬が予約してくれたのは、ホテルの五階にある高級中国料理店だった。モダンでシックな内装の広い店内を進み、皇居をのぞむ窓際の席に案内される。

(中華料理って言われてたからもうちょっとカジュアルだと思っていたけど、さすが高級ホテル)

向かい合って座ったふたりは軽く乾杯する。瞬はビール、佳純はアイスウーロン茶だ。

「先週はごめん、急にキャンセルして」

「お仕事なんだから仕方ないですよ」

瞬に謝られ佳純は首を横に振った。

彼の休みは基本的に土日らしいが、仕事上突然都合が悪くなることがある。先週もそれでデートがキャンセルになっていた。

警視庁内で瞬がどんな仕事をしているかは詳しく聞いたことがないし、聞くつもりもない。瞬があまりしゃべろうとしないからだ。きっと守秘義務などの事情があるのだろう。

でも瞬は佳純に『犯罪を減らして、誰もが安心して暮らせる世の中を作りたい』と警察官としての理想を語ってくれていた。

彼が警察官を志したきっかけは中学三年生の頃、祖母と街に出かけたときの出来事だった。

『祖母は病気を患っていて家で寝ていることが多かったんだけど、祖父の誕生日プレゼントを選びに行きたいと言われて付き添ったんだ。久しぶりに見る祖母の明るい表情がうれしかった……。でも、デパートを出たところでひったくりにあって。とっさのことで俺は何もできなかった』

犯人はすぐ捕まったが、突き飛ばされた祖母は倒れた拍子についた手首を折ってしまった。精神的なショックも大きく、ふさぎ込んでますます家から出なくなり、一年後に亡くなったらしい。

『あのとき祖母を守れなかったこと、今でも後悔してる』

誰もが犯罪と隣り合わせの日常の中で暮らしているのだと実感した瞬は、多くの人を守りたいと警察官を目指すようになったという。

『小さな犯罪でも被害者や家族にとっての苦痛は大きい。どんな立場にいてもそれは忘れたくない』

真っすぐに語る彼を佳純は心から尊敬していた。

予定がキャンセルされればもちろん寂しい。でも、佳純は忙しい瞬が自分のために時間を作ろうとしてくれるだけでうれしいのだ。

それでも、目の前の恋人は納得いかないようだ。

「急に会えなくなったのもはじめてじゃなかっただろう。この前も直前まで連絡できなくて君に待ちぼうけさせてしまった」

「でも、いつもこうやって埋め合わせしてくれるじゃないですか。瞬さんが悪いわけじゃなくて……あ、悪いのは犯罪を起こす人だから、そういう人が減ったらもっとたくさん会えるようになりますね」

佳純がおどけて言うと、瞬は少し困ったような笑顔になった。

「……君は、優しいな」

前菜から始まったコース料理はどれもすばらしくおいしかった。この店の看板メニューだという北京《ペキン》ダックは、皮が肉厚で食感もぱりぱりしてたまらない。

「北京ダックって、こんなにおいしい食べ物だったんですね」

夢中で食べすすめる佳純に瞬は微笑む。

「よかった、元気が出たみたいで」

「ん？」

なんのことかわからず首をかしげる。

「ロビーに入ってきたときの佳純の顔、暗かったから」

「ぐぬ……っ」

瞬の言葉に佳純は慌てて口の中のものを飲み込んだ。

「……見てたんですか」

なんという観察眼だろう。自分では気持ちを切り替えていたつもりなのに、あのわずかな間に気持ちが沈んでいたのがバレていたなんて。

「なにか悩みや困ったことがあったのか？」

「ええと……」

（叔父さんのことは話さなくていいよね。もう電話がかかってきても出なければいい

し）

忙しい瞬に少しの心配もかけたくない。そう思った佳純はごまかすことにした。

「店がクリスマスの準備で忙しくて疲れた顔になっていたのかもしれません。年末に向けての怒涛《どとう》の日々が始まりますし。もっと大変になるなぁって考えていたから」

これからフラワーショップはかきいれ時になる。既にクリスマスのアレンジャリースの準備に追われているし、お正月用の生花や商品も年末ぎりぎりまで販売する。

もちろん休みがないわけではないが、忙しい瞬と都合を合わせるのがさらに難しくなってしまうかもしれない。

佳純が説明すると瞬は「そうだったのか」とうなずく。どうやら納得してくれたらしい。

「でも佳純は本当に花が好きなんだな。仕事で疲れていてもロビーの花を見た途端、目の色が変わっていたから」

「そんなところまで見てたんですね……」

気恥ずかしさを感じつつ佳純は続けた。

「父が生前よく言ってたんです。『花を見て機嫌が悪くなる人はいない。一輪あるだけで人の心を和ませられる』って。私、そんな花が大好きで、少しでも多くの人に花で笑顔になってほしくて。これからもお店でいっぱい勉強して店長みたいに素敵なアレンジもできるようになりたいんです」

「……そうか」

彼は真面目な顔でこちらの話を聞いていたが、一瞬表情が切なげに揺れた気がした。

急に熱く語り出して引かれてしまっただろうか。

「す、すみません急に決意表明みたいなこと言い出して」

すると瞬は「いや」と静かに首を振り、続けた。

「俺はそんな一生懸命な佳純を好きになったんだ」

さらりと使われた〝好き〟という言葉が胸に甘く刺さる。

「わた、私も、信念を持ってお仕事を頑張っている瞬さんが、好きというか、だっ、大好きです」

頬を熱くしながら精いっぱいの気持ちを返すがスマートに口が動かない。瞬とは大違いだ。

（言葉に詰まるなんて、恥ずかしすぎる……！）

ふたりの間に落ちた沈黙はわずかな間だったはずだが、佳純にはやけに長く感じられた。

「佳純」

羞恥で俯いていた佳純は彼の声でおずおずと顔を上げ——そのまま動けなくなった。熱の籠《こも》った瞳がこちらを射貫いていたからだ。

「今夜は俺とずっと一緒にいてくれないか？」

「え……」

目を見開く佳純に瞬は視線を逸らさず言った。

「ここのホテルに部屋を取ってあるって言ったら意味、わかる？」


「……すごい、バルコニーまであるんですね」

彼の誘いに遠慮がちにうなずいた佳純だったが、そのあと食べたものは正直あまり味がしなかった。

瞬にエスコートされ入ったホテルの客室はとても広く、天井が高かった。和と洋がほどよく合わさったシンプルでいて重厚な雰囲気。間接照明が広い部屋を控えめに照らしている。

ホテルに泊まったことがない佳純に部屋のグレードがどうこうなどまったくわからないが、高級であることはたしかだ。

普段だったら申し訳ないと恐縮するところなのだが、今の佳純にそんな余裕などあるはずがない。

「ああ、皇居外苑《がいえん》がよく見えるはずだから、明日の朝一緒に出てみようか」

瞬の言葉にここに朝まで一緒にいるのだということを改めて実感し、鼓動が速くなる。

言葉を失っている佳純を瞬は覗き込んできた。

「緊張してる？」

「は、はい……でも嫌じゃないんです」

正直に答えると、愛しげに目を細めた彼に正面から抱き寄せられた。

「よかった。実は俺も余裕がない」

「そんな、瞬さんはいつも余裕たっぷりじゃないですか」

逞《たくま》しい胸の中で蚊の鳴くような声を出す。自分より六歳年上の彼はいつも落ち着いていて動じることがない。今だってそうだ。佳純の緊張をほぐすために合わせてくれているだけだろう。

すると彼は佳純の耳元で「そんなことはないよ」と低く囁いた。

「まずソファで飲んだり、シャワーを使わせてあげたほうがいいってわかってるけど……我慢できないくらいに」

「あっ……」

急に視線が上がる。抱き上げられたのだ。重いのに、と口にする間もなくベッドに横たえられた。瞬は佳純を組み敷くと手を伸ばし頬を撫《な》でた。

「佳純……君が欲しい」

頬に触れる瞬の掌の温度に呼応して、佳純の中で彼を求める気持ちが熱く膨らんでいく。

「はい」

今度こそはっきり声に出し、うなずく。すると耳の際を指先が這《は》う感覚がした。くすぐるようななまめかしい動きに佳純の心拍数は落ち着く暇がない。

「……今日の服もイヤリングもすごく似合ってる。新しく買った？」

瞬は佳純のイヤリングを丁寧に外し、ベッドボードに置いた。

無防備になった耳たぶに、彼のキスが落ちる。

「少しでも、瞬さんに釣り合いたくて……んっ」

「君はいつでもかわいいし、魅力的だよ」

彼の唇は瞼《まぶた》や頬、こめかみを労わるように移動する。

「いつも別れ際にキスするたび、離したくなくて……何度、君をそのまま連れて帰りたいと思ったか」

「……ん」

甘い言葉と唇の感覚に早くも佳純は溶けそうだ。

やがて瞬の唇は佳純のそれを塞ぐ。しばらく角度を変えながら食《は》むようにしていたが、しばらくすると舌先を佳純の唇の隙間に割り入れてきた。

「あ、ふ……ん、んっ」

大きな両掌で頭を固定されながら、佳純の口内は彼の舌で味わいつくされる。

(こんな、キスされたのはじめて……)

今まで交わしてきたキスは戯れだったと思わせる濃厚な行為。必死で受け入れるうちに瞬は片手を佳純の胸元に伸ばし器用にワンピースのボタンを外してしまった。

「あっ……」

瞬は下着の上から胸の感触を楽しむようになぞったあと、佳純の身にまとっているものを少しずつ取り去っていく。

一糸まとわぬ姿になったとき、佳純は羞恥で頭が沸騰しそうになっていた。

「すごく、綺麗だ」

涙目になっている佳純を跨《また》いだまま頬に軽くキスを落とした瞬は、上半身を起こす。無造作にネクタイを緩め取り去るとワイシャツやインナーシャツと共にベッドの下に投げてしまう。普段の彼からは想像できない荒っぽい仕草だった。

佳純の目に入ってきたのは、瞬の露わになった上半身。服を着ているときより逞しく見える胸板やうっすら浮き出ている腹筋に、恥ずかしさを忘れ思わず目を奪われた。

瞬は再び身を屈めキスを落とす。今度は首筋に唇を這わせ、鎖骨、そのまま胸へと。

「あ……」

胸元で彼の唇が、舌が動いている。羞恥の中に快感を拾い上げ始めた佳純は彼の黒髪に手を伸ばした。

「ふ……ん、しゅんさ……」

鼻にかかった甘えた声は自分じゃないみたいなのに、止められない。

瞬は熱い息を吐きながら佳純の柔らかい太ももを撫で、やがて指先で敏感なところを刺激し始める。

「あっ、そんなところ……」

「大丈夫、全部俺に任せて」

体を強張らせる佳純の耳たぶに、唇を押しつけながら瞬は熱い息を吐く。

「は……あぁっ……！」

彼に翻弄《ほんろう》され高められた感覚が弾け、一気に脱力する。肩で息をする佳純をしばらく落ち着かせるように抱きしめたあと、瞬は上半身を起こし佳純の膝に手をかけ熱い瞳で見下ろす。

「佳純、愛してる」

「……瞬さん、私も愛してます」

佳純はうなずき、覆いかぶさってきた広い背中に手を伸ばし、必死で彼を受け入れるのだった。


すべてが終わったあと、ベッドの上で汗ばんだ体を寄せ合う。

「佳純、恋人になってくれてありがとう」

心地いい声が佳純の心に優しく染み入ってくる。

「……私こそ、瞬さんの恋人にしてくれてありがとうございます」

心の支えだった祖母を失っても、寂しさに押し潰されずに前を向いてこられたのは瞬のおかげだ。この人に出会えたことを佳純は心から感謝していた。

「これからずっと、離さない」

せつないほどに真摯《しんし》な言葉と頬に落ちるキスを佳純はうっとりと受け入れていた。

「はい……私も瞬さんと一緒にいたい」

彼の胸に甘えるように頬を寄せると、抱きしめる腕がピクリと動いた。

「まずいな、佳純がかわいすぎてこのままだと眠れそうもない」

「え……」

目を丸くして顔を上げた佳純の唇は再び瞬に奪われた。

大好きな人にはじめてを捧《ささ》げたこの日の幸せを、佳純は一生忘れないと思った。

すべてを捨てても

「店長、そっちは私がやるので、ご予約のアレンジのほうお願いできますか」

佳純は花束を作っている店長に声をかけた。

「オッケー、じゃあお願いしていい？」

一月中旬、フローリスト　デ・パールは年末から成人式まで続いた繁忙期が終わり、少し穏やかな空気が流れていた。

場所を交代し、チューリップの入った花束を作り始める。アレンジ用の材料を取り出しながら店長が振り返った。

「鮫島さんはしばらく帰ってこられないんだっけ」

店長には瞬と付き合い始めたことを伝えてある。彼女はとても喜んでくれて、彼と休みが合うようにシフトを融通するなど気を遣ってくれていた。

「はい、帰国は来月になりそうです」

年末、瞬は急な出張が入りフランスへ発っていた。

『佳純に一カ月以上会えないと思うと辛いけれど、しっかり仕事をすませて帰ってくるから。くれぐれも体に気をつけて』

空港に見送りに行った佳純の手を瞬は名残惜しそうに握った。

『はい。瞬さんも無理しないでくださいね。待ってますから』

佳純は寂しさを押し殺しながら笑顔で彼を送り出した。

あれから半月、何度かスマートフォンでメッセージをやりとりしているものの、心細さはぬぐえなかった。

（なんのためにフランスに行くかは聞かなかったけど、どうか危険な業務じゃありませんように）

佳純は心配と寂しさを忙しさで紛らわしている状況だった。しかし繁忙期を乗り越えたせいか、少し気が抜けてしまったようだ。ここ数日、なんとなく体がだるく食欲がない。

（疲れがでちゃっているのかな。清掃の仕事とダブルワークしているときも、こんなことなかったのに。今日は温かいものをしっかり食べて早く寝よう）

ぼんやり考えている佳純に、店長は気の毒そうな視線を向けた。

「そっか、クリスマスも会えなくなっちゃったのよね。そのままお正月も離れ離れなんて、付き合いたてのカップルには辛いわね」

「あのときはお店も忙しいのに気を遣わせてしまってすみませんでした」

店長は『はじめてふたりで過ごすクリスマスなんだから』と言って、十二月二十四日を休みにしてくれた。しかし直前になって彼が庁舎に呼び出され、デートはキャンセルになってしまったのだ。

「いいのよ。それより鮫島さんが帰ってきたら、お休み取ってこれまでの分いっぱい甘えちゃいなさい」

「ふふ、ありがとうございます。そうします」

店長に励まされ佳純は笑顔で応えた。


忙しい一日を終えた二十時すぎ、締めの当番だった佳純は施錠を終え、ひとり外へ出る。

「うー、寒い」

吐いた息が煙のように冷えた空気に消えていく。身を縮めコードの前を合わせて歩き出そうとしたときだった。佳純の横をタクシーが通り過ぎ停まり、そこからひとりの女性が降りた。

何げなく目で追っていると、タクシーを待たせたままその女性はこちらに真っすぐ近づいてきた。

「岡本佳純さんですか？」

「は、はい」

正面に立った女性に突然自分のフルネームを呼ばれ驚く。

佳純より少し年上だろうか。上品なスーツに身を包んだ彼女は色白で顔が小さく知的で整った顔立ち、胸まである長い黒髪が艶々《つやつや》していて、一見して育ちのいい女性に見えた。

彼女は肩にかけていたバッグから名刺入れを取り出し、中身をスッと差し出した。

「私、鮫島警視の部下の斉藤芹那《さいとうせりな》といいます、すぐに終わるのでこのまま少しだけお時間いただけるかしら」

受け取った名刺には〝警視庁　刑事部　捜査支援分析センター　主事　斉藤芹那〟と書かれていた。

（瞬さんの部下の方がなんで？　……まさか）

彼がフランスでトラブルに遭ったのかもしれないと気づいた瞬間、疑問が焦りに変わる。

「瞬さんになにか⁉」

「いいえ、鮫島警視は無事ですよ」

落ち着いた表情を浮かべる芹那を前に安堵の息をつく。

「あの、じゃあなぜ……それに、なんで私のことを？」

「私は彼からあなたとお付き合いしていることを聞いて会いに来たの」

「そう、なんですか」

部下がわざわざ自分に会いに来た理由がわからないが、淡々とした口調に思わず相《あい》槌《づち》を打つ。

（でも瞬さん、職場で私と付き合ってるって話してくれてるんだ……うれしいな）

こそばゆい気持ちで頬を緩ませていると、芹那がこちらに冷たい視線を投げていることに気づく。

「あ、あの？」

困惑する佳純に芹那は追い打ちをかけた。

「いきなりでごめんなさい。鮫島警視と別れてほしいの」

帰りついたアパートの部屋は冷え切っていた。

急いで暖房のスイッチを入れ佳純はコートを着たままベッドの前に座り込み、芹那に渡された名刺をポケットから取り出した。

「瞬さんがそんなすごい人だったなんて」

なじみのある警視庁の黄色いマスコットキャラクターがプリントされたそれをじっとながめる。

芹那の話によると瞬は難関試験である国家公務員試験一種を取得し警察庁に入庁した官僚らしい。しかも日本最高峰の国立大学出身で入庁当時から将来を嘱望されている超エリート。早くから警視庁に出向し現場を学びスピード出世し、今は刑事部捜査支援分析センターのセンター長として全体を統率しているそうだ。

「しかもフランスに行くかもって。インターポールってアニメの世界のことだと思ってた……」

瞬は国際刑事警察機構、インターポールへの派遣が検討されており、今回の渡仏は内々の調整のためだという。正式に決まれば本部のあるフランスに渡る。抜擢《ばってき》したのは芹那の父で警察庁の幹部らしい。

『鮫島警視は将来、警視総監や警察庁長官にもなれるような卓越した能力を持った人で、彼の警察官としての理想を実現するにはインターポールでの活躍は欠かせないの』

芹那の口ぶりからは瞬への憧憬《どうけい》が伝わってきた。

さらにショックだったのは芹那の父が瞬をかなり見込んでいて『娘と結婚させたい』と公言していることだった。

芹那の母は旧財閥系の血縁の資産家で、彼の後ろ盾になるにはなんの問題もないという。

もともと有能な瞬が芹那と結婚すれば、彼女の両親の力で今後さらなるキャリアアップが望めるようになるのだ。

『私ならどこに行っても彼を支えられる。それだけのカードを持っているから。わかるでしょう?』

佳純にはそれができないとはっきり言われている気がした。

芹那が落ち着いた様子で淡々と事実を並べていくからだろうか、感情的になられるよりじわじわと追い詰められる気がした。

『で、でも、彼の気持ちは……』

なんとか絞り出した言葉も芹那は、こともなげに否定してみせた。

『そうね、今はあなたと付き合っているかもしれない、でも私と結婚すれば彼は今よりもっと仕事がしやすくなるの。今回のインターポールへの推薦者が私の父だとわかっている彼は、今後警察組織内でどう振る舞えばいいか冷静に判断すると思うわ』

あたり前のように言われ、なにも言い返せなかった。

『急にごめんなさいね。でも、あなたのほうから別れを切り出してもらったほうが彼に罪悪感を持たせなくていいと思うの。考えてくれないかしら』

強引に迫られるままに電話番号を交換すると、また連絡すると言い残して芹那はタクシーに戻り去っていった。

『鮫島警視は将来、警視総監や警察庁長官にもなれるような卓越した能力を持った人で、彼の警察官としての理想を実現するにはインターポールでの活躍は欠かせないの』

佳純は重苦しい気持ちで芹那の言葉を反芻《はんすう》する。

「瞬さんの警察官としての、理想……」

『犯罪を減らして、誰もが安心して暮らせる世の中を作りたい』いつか瞬は語ってくれた。祖母が遭った犯罪をきっかけに多くの人を守りたいと警察官を志し、元上司の教え通り、人に寄り添いながら職務にあたっている。そんな彼を佳純は尊敬し、応援したいと思っていた。でも。

「瞬さんがお仕事のことをあまり話してくれなかったのは、フランス行きが正式に決まったら私と別れるつもりだったからなのかな……」

暖房がきいて部屋が温まってきた。もう寒くないのに、しばらく佳純は動けなかった。

翌日の午後、鉢物のコーナーでシクラメンに水をやっていると、店長が心配そうな顔で話しかけてきた。

「佳純ちゃん大丈夫？　朝から顔色がよくない気がするんだけど」

「あ……すみません、疲れがたまってるみたいでちょっとだるいんです。しかも寝不足もあって」

鋭い指摘に佳純は慌てて頬を押さえる。

「あらやだ、大丈夫？」

「はい。特に悪いところもないですし、明日はお休みだからゆっくりしますね」

「うん、そうして。今日は残業しないで上がってね」

「ありがとうございます」

気遣ってくれる店長にお礼を言い作業に戻る。鉢の土の乾き具合を確認しながら佳純は心の中で大きな溜息をついた。

（不安が顔に出ちゃってたかな……実際、昨日はあまり眠れなかったんだけど）

芹那の話を悶々《もんもん》と考えていたら寝つけなくなってしまった。しかも朝食も喉を通らなかった。

昨日の今日で、佳純は自分がどうすべきか感情が整理できていなかった。でも、無性に瞬に会いたかった。

瞬が帰ってくるまでまだ一カ月くらいある。佳純は重い気持ちで店の壁にかかったカレンダーに目をやった。

カレンダーの数字を追っていた佳純はあることに気づいた。

(あれ、そういえば、今月まだ生理が来てない?)

たしか周期的に年末か年始に来るはずで、店が休みの年始に来てくれるといいなと思っていたはずだった。

「え……」

何げなく浮かんだ思考に思わず息を吸うのも忘れた。ある可能性に気づき、心臓が嫌な音を立て始める。それなら最近のだるさや食欲のなさの説明がついてしまう。

手に持っていたじょうろが急に冷たく感じられ、佳純は身震いした。

(落ち着こう。たまに周期がずれることもあったし。今回もそうかもしれない)

必死に自分に言い聞かせるが、なかなか動揺は収まらなかった。

そのあともなんとか仕事をこなし、夕方に店を出た佳純の足は自宅近くのドラックストアに向かっていた。

（とにかく、はっきりさせなくちゃ……）

これ以上不安になりたくない。その一心だった。

アパートに帰りついた佳純はトートバッグから紙袋を取り出す。中には妊娠検査薬が入っていた。恐る恐る開封し説明書を読む。

トイレに入り、説明書に書かれていた通りに検査し、そのまま待つ。

もし、これで陽性だったら――そんなことを考える間もないほどあっけなく結果は突きつけられた。

「……陽性……」

判定の枠にははっきり赤い線が浮き出ていた。

のろのろとトイレから出た佳純はぼんやり立ち尽くす。自分のお腹《なか》に命があるかもしれないという事実が重すぎて現実として受け入れられない。

瞬と肌を合わせたのは、はじめてを捧げたあの夜だけ。その一度で佳純は彼の子を身ごもったことになる。

「私……」

消え入りそうな声が静かな部屋に落ちたそのとき、ベッドの上に投げ出していたスマートフォンが突如大きく震え着信を知らせる。佳純はビクンと肩を揺らし、画面に表示された名前を見てさらに息をのむ。一瞬躊躇《ちゅうちょ》したものの、取らずにはいられなかった。

「──はい」

《佳純、俺だ》

「瞬さん……」

ざわざわとした喧騒《けんそう》と共に耳を震わせたのは、愛しい人の声。

（なんで……このタイミングで……）

いろいろな感情が溢れておかしくなりそうだ。力が入らない指先でなんとかスマートフォンを耳元に押さえつける。

《声が聞きたくて電話してしまった。今、大丈夫か》

「はい、大丈夫です。お元気、ですか？」

《ああ、なんとか元気でやってるよ。そっちは夜だろう？　夕飯は食べたか？》

「……いえ、これからです」

《しっかり栄養があるもの食べて、風邪ひかないようにな》

こちらを気づかう優しい声に、痛いほどに胸が締めつけられる。

「はい、瞬さんも無理しすぎないでくださいね」

（ああ、やっぱり私……瞬さんが好き）

今、芹那のことを聞いてしまおうか。そんな考えがよぎり佳純は衝動的に口を開いた。

「あの……」

しかし電話の向こうで瞬を呼ぶ声がし、佳純の弱々しい声はかき消された。彼は短くフランス語で応じると残念そうな声を出した。

《すまない。もう少し話せるはずだったんだが、ランチミーティングが早まったらしい》

佳純は言いかけた言葉を引っ込め、精いっぱい明るい声を出した。

「気にしないでください。私も瞬さんの声が聞けてよかったです。お仕事、頑張ってください」

《ああ、君も……じゃあ、また》

電話は切れ、部屋の中に静寂が戻る。

「……あ」

佳純は、自分の片手が無意識に下腹部を押さえていたと気づく。

「ここに……瞬さんの赤ちゃんがいるかもしれないんだ」

外からはなにも変わりのないそこから、掌を通じて温かい感覚が伝わってくる気がした。


佳純は翌日に産婦人科を受診した。

診察の結果、現在妊娠六週に入っていて、順調にいけば九月に出産予定と説明を受ける。

「もう心拍も確認できますよ。見えますか」

医師に促されて覗いた黒いエコー画面の中に小さな豆のようなもの、そしてわずかな鼓動が見えた。

この体にたしかに命が息づいている。懸命に鼓動を繰り返す小さな存在が愛しくて、佳純は込み上げる感情を必死に抑えるのだった。


それから二日後、いつもよりゆっくり起きて洗濯や朝食を終えた午前十時、佳純はベッドに腰かけながらスマートフォンを開く。そこには三日前にやりとりした瞬とのメッセージが残っていた。

くる。

【今日は急に電話を切ってごめん。もっとゆっくり話したかった】

【おつかれさまです、ランチおいしかったですか？】

他愛のないやりとりを見ていると、芹那にされた話が全部夢だったような気がしてくる。

『これからずっと、離さない』

はじめて肌を合わせた夜、彼の胸の中で聞いた言葉を信じたい。佳純は前向きに考えようと思っていた。

（赤ちゃんのことも、斉藤さんのことも、ちゃんと瞬さんと話をしよう）

もし、瞬が芹那との結婚を考えていて、自分もこの子も必要ない存在だったら――。

考え込んでいた佳純は、突然鳴り響いたインターホンの音にドキリとした。

（誰だろ。変な訪問販売かな）

嫌な予感がする。物音を立てないようにそっとドアに近づき、ドアスコープを覗いた佳純は思わず声を漏らす。

「え、叔父さん？」

ドアの前に叔父が立っていたのだ。

（ずっと電話がかかってきたのを無視していたから、家まで来ちゃったの？）

すると、叔父はドアをドンドンと叩き始めた。

「佳純、突然来てすまない！　お願いだから少し話を聞いてくれないか」

外で騒がれるのは近所迷惑になる。佳純は深い溜息をついて、しぶしぶドアを開けた。

「こうして顔を合わせるのは、ばあさんの葬式以来か？」

叔父は神経質そうな顔を歪《ゆが》めて力なく笑った。兄弟で似ているのは痩せた体型だけかもしれない。父は温厚な人柄が出た柔らかい顔つきの人だったから。

「叔父さん、なにかあったの？」

思わず聞いてしまったのは、いつも外出するときは人一倍服装にこだわる叔父がヨレヨレの普段着で、顔色も優れなかったからだ。

見るからに憔悴《しょうすい》している様子にさすがに心配になった佳純は叔父を部屋に入れることにした。

「温かいお茶でいい？」

声をかけると、狭い玄関に立ったまま叔父が突然膝をつく。ぽかんとする佳純をよそに叔父は頭を床に擦《こす》りつけた。

「佳純、頼む！　金を貸してくれ！」

「ちょ、ちょっと待って、叔父さんいったいなにがあったの？」

慌てて駆け寄ると、叔父は俯いたまま言った。

「……会社の金、使い込んだんだ」

「え……」

「出来心だったんだよ、最初はパチンコで損した分を取り戻したいと思って、ちょっと拝借しただけだったんだ」

信じられない告白だった。健康器具メーカーで営業をしている叔父は、顧客から預かった金の一部を着服したという。一度成功したことで味をしめ、何度も繰り返していたらしい。

着服した金額は三百万にのぼると聞き、佳純は息をのんだ。

「そんな、大金……なにに」

「競馬であててすぐ返すつもりだったんだ、でも、うまくいかなくて」

あろうことかすべての金がギャンブルに消えたらしい。

「経理担当者が勘づいたらしいんだ。たぶん近々呼び出される。でも、すぐに金を返せばなんとかなるかもしれない。返せなかったら俺はきっと会社をクビになる。それだけじゃない、訴えられたら逮捕されるかもしれない」

〝逮捕〟という物騒な言葉に佳純は目を見開いた。

「俺のしたことは業務上横領になる。だけど、今のうちに全額補填《ほてん》すれば――」

「待って、私にそんな大金あるわけないでしょう」

叔父の身勝手な言い分に思わず口を挟む。

「お前は若いじゃないか。稼ぐ方法はいくらでもあるだろう。体を担保に金を貸してくれるところだってある」

「……叔父さん、なにを言っているの？」

信じられないが、叔父は金を作るために佳純に体を売れと言いたいのだ。

茫然とする佳純の両肩を、叔父は縋《すが》るように掴んできた。

「頼む、助けてくれ。佳純だって親族が犯罪者になるのは嫌だろう？」

叔父の言葉が佳純の胸を貫く。

「……犯罪者」

「そうだよ。お前、男がいるんだろう？　犯罪者が家族にいる女なんて好んで付き合おうなんて思う奴なんていないし、結婚ならなおさらだ」

だから体を売ればいいという結論に行きつくこと自体、理解ができない。でも佳純は言い返せないまま、いつしか黙り込んでいた。

アを開ける。

「おい、佳純?」

叔父はいぶかしげな顔で肩から手を外した。その瞬間佳純は叔父を立たせて玄関ド

「出てって、もう来ないで」

叔父の背中を両手で押しながら佳純は声を絞り出した。

「お、おい」

「お金は準備できない」

「お前、叔父さんが警察に捕まってもいいのか!」

佳純は答えず背中を押す。叔父が転がり出たのを確認し、ドアを閉めすぐに鍵をかけた。叔父はしばらくドアを叩いてブツブツ言っていたが、「また来るからな」と言い残し去っていった。

アパートの外階段を下りていく足音を聞きながら、佳純はその場にへたり込んだ。渡せるお金なんてないし、もちろん叔父の言う方法で稼ぐつもりもない。叔父は自分の犯した罪をきちんと償うべきだ。

(……そうなったら、私は犯罪者の姪なんだ)

〝犯罪者〟という単語が胸にザラリと嫌な感触を残す。親族に犯罪者がいる女が警察

官の恋人であっていいはずはない。佳純は彼の足を引っ張るだけの存在になる。自分が瞬を信じたいとか、彼の気持ちがどうとか言っている場合ではないのかもしれない。

「私……どうしたら」

力なく声を漏らす。すると思考を断ち切るかのように、ベッドの上でスマートフォンが着信を告げた。

駅の近くにあるカフェに到着しドアを開ける。落ち着いた店内の奥まった席に芹那が座っていて、こちらに気づくとにっこりと微笑んだ。今日も高級そうなスーツを身にまとった上品で美しい佇《たたず》まい。カジュアルなニットとウエストの緩いスカートの自分とは大違いだ。

佳純は彼女の斜め前に座るとハーブティーを注文した。

「ごめんなさいね、急に呼び出したりして」

紅茶を前に芹那が微笑む。先ほどの電話は彼女からで、瞬のことで話がしたいとここに呼び出されていた。

「今日はお休みだったので」

硬い声で応えると芹那は笑みを深めた。

「鮫島警視のインターポール派遣が正式に決まったわ」

「え……」

息をのむ佳純をよそに芹那は続ける。

「今は調整で向こうにいるけれど、来月一度帰国して準備が整い次第、赴任になる。期間は三、四年を予定しているわ。……あなた、本当に今まで彼になにも聞かされていなかったの？」

「……はい」

すると芹那は、あからさまに同情の視線をよこした。

「可哀想に……。でも彼、忙しくてあなたを顧みる余裕なんてなかったのよ。許してあげて」

それで、と芹那は言葉を切ったかと思うと、急に明るい口調になった。

「あなたから別れを切り出してほしいっていう話、考えてくれた？」

予想していたこととはいえ、咄嗟《とっさ》に反応することができなかった。

無言を拒絶と捉えたのか芹那は小さく溜息をつくと、優雅な手つきで紅茶をひと口飲んだ。

「私は補佐官として鮫島警視に同行する予定なの。彼のことを公私共に支えていきたい。私と父、斉藤家の力があれば彼ももっと高みを目指せるわ。残念だけど、あなたにはできないわよね？　彼のためを本当に思うのなら、もう、選択肢はひとつのはずよ」

芹那の言葉に佳純は胸が潰れそうになる。でも、今は自分の辛さは顧みてはいけないと心を叱咤《しった》する。

「あの、私……」

芹那に向き直ったそのとき、膝に置いていた手が椅子の上のトートバッグにあたり、パタンと倒れた。その拍子にバッグの中身が滑り落ちてしまう。

「あっ、すみません」

床に投げ出されたのは財布と、ハンカチと——。

（しまった……！）

慌てて屈《かが》み、母子手帳に手を伸ばすとはっきりと息をのむ気配を感じた。

佳純はバッグに落ちたものをすべてしまうと、無言で椅子に座り直した。

「……あなた、妊娠してるの？」

今まで冷静だった芹那の表情が明らかに強張っている。

「あの……」

（どうしよう。斉藤さんに知られてしまうなんて）

想定外の展開に取り繕う言葉が出てこない。

「まさか、子どもを使って彼を縛りつけるつもり？」

「ちがいます！」

刺々《とげとげ》しい指摘を即座に否定する。

佳純はもう理解していた。瞬をどんなに愛していても、いや、愛すればこそ、自分は彼のそばにいたらいけない。警察官僚の娘である芹那と、犯罪者の姪の自分は比べるべくもないのだ。

「そんなこと……考えていません」

胸が張り裂けそうになりながら声を絞り出す。それでも芹那は佳純を追い詰め続ける。

「お願い、彼が飛躍する機会をあなたのわがままで奪わないで。ねぇ、産まない選択もあるわよね」

「産まない、選択？」

全身の血が凍った気がした。

「そうよ、あなたはまだ若いんだから今ならいろいろやり直せるわ。お金が必要ならこちらで準備――」

「いりません」

続けようとする芹那を佳純は強く制した。

「お金はいりません。でも、このことは瞬さんには言わないでください。もう、二度と会いませんから」

凍った心のまま告げると、芹那の表情はあからさまに安堵したものに変わる。

「そうね、それがいいわ。もちろん誰にも言わないわ」

「お願いします」

佳純は軽く頭を下げた。

「付き合った期間も短いんでしょう？　今度はあなたに見合った恋人を作ればいいわ」

取り繕ったように話す芹那の声を、佳純は他人事《ひとごと》のように聞き続けた。

それから十日後の夕刻、空っぽになったアパートの部屋の真ん中に佳純は立っていた。

「ふう、短い時間で大変だったけど、なんとかここまでたどり着けた」

佳純は〝鮫島瞬〟と表示したスマートフォンの画面を見つめて、心を落ち着かせるように息を吐いた。

「……よし」

ボタンを押すと、三回のコールで彼とつながる。

《佳純？》

「瞬さん、お仕事中にすみません」

《いや、今は大丈夫だ。佳純からわざわざ電話をくれるなんて、なにかあったのか？》

瞬はあのあとも何度か電話をくれていたが、佳純はそれを取らずにお互い忙しいからとメッセージですませていた。

だって、声を聞いたら決心ができなくなると思ったから。

「お伝えしたいことがあって」

佳純は努めて平静な声を出した。

《うん？》

「――私たち、お別れしましょう」

電話の向こうで息をのむ気配を感じた。

《……言っている意味が、わからないんだが》

瞬の声は聞いたことがないほど硬い。

「言葉通りの意味です。私、いつも一緒にいてくれる人がいいって気づいたんです。急に会えなくなったり、長い間会えないと寂しいから」

違う。いつも一緒にいなくてもよかった。仕事に真摯な彼を尊敬していたし、お互いの気持ちは通じていると思えていたから。

《佳純、なにがあった？》

感情を抑えたような低い声がこちらを追い詰める。でも、佳純は筋書きを考え抜いていた。

「清掃アルバイトしていたときの知り合いと偶然再会して、仲よくなったんです。彼、すごくいい人でお正月も外に連れ出してくれて、休みは必ずそばにいてくれるんです。一緒に住まないかって言われたから引っ越して彼と暮らすことにしました」

《……嘘だろう？》

「こんなこと嘘をついてもしょうがないです」

電話でよかった。顔を見られたらすぐにバレてしまったに違いない。佳純の心は自らの言葉で傷を深めていく。

《俺は信じない。佳純、ちゃんと会って話をしよう。もう少しで帰れるから》

「会うだなんて、帰ってきても、瞬さんはまたフランスに行く準備で忙しくなるでしょう?」

一瞬の間のあと、彼の声がひときわ低く響いた。

《誰から、聞いた?》

焦りからつい余計なことを口走ってしまった。

「い、今の出張が長いから、そうかもしれないって思っただけです。あぁでも、やっぱり行くんですね。よかった、私、また置いてきぼりにされるの嫌ですから」

ダメだ、そろそろこの会話を終わらせないと心が軋《きし》んでおかしくなりそうだ。

「短い間でしたけど、ありがとうございました」

大好き、誰よりも愛してる。あなたの目指す理想をなんの障害もなく、ただ真っすぐ進んでほしい。だから。

「さようなら」

《待て、佳純――》

佳純は震える手で通話終了をタップすると、そのまま電源を落とした。

「……行かなきゃ……」

声を絞り出し、操られた人形のように足元に置いておいたバッグを拾い上げた。そのまま玄関に向かい、ふと振り返る。

父を亡くしてから、ひとりで住んでいたこの部屋、戻ることは二度とない。

『お願い、彼が飛躍する機会をあなたのわがままで奪わないで』

芹那の言う通りだ。ここにいてはいけない。彼が日本にいようとフランスに行こうと関係なかった。

だって、佳純はそのわがままを突き通そうとしているのだから。

「瞬さん、嘘、ついて、ごめんなさい」

いつしか佳純の目からは大粒の涙がこぼれていた。あのコスモスの丘で告白されてから四カ月も経っていない。それでも佳純は瞬のことを心から愛していた。

がらんどうの部屋の床に、弱々しくしゃくり上げる声が落ちていく。

「……ごめんね、ママ泣きむしで。でももう泣かないからね」

ひとしきり泣いた佳純は涙を拭き、お腹に手をあてた。

(そうだ。これからは私、ひとりじゃないんだ)

佳純はしっかりバッグを肩にかけると顔を上げ、玄関のドアに手をかけた。

守りたかった幸せ

「佳純ちゃん、もう時間よー」

声をかけられパソコン画面の時刻を確認すると、十七時三十分になっていた。

「あ、もうこんな時間だったんですね。この売上だけ入れたら終わりにします」

佳純は顔を上げて事務所に入ってきた女性に答えた。

「今日はもうお客様のご予約はないし、早く迎えに行ってあげてね」

ふくよかな顔で笑いかけてくれたのは、佳純が勤める会社の社長の妻で親友の母でもある山谷悦子《えつこ》だった。

「ありがとうございます！」

佳純はお礼を言い、パソコンに向き直った。

今、佳純は埼玉県西部の市で事業を営む『山谷リフォーム株式会社』で事務員として働いている。

ここで祖父の小さなリフォーム業者を引き継いだ柚希の父は着実な経営を続け、小さいがショールームを持つ会社にまで成長させていた。

地元の人からの信頼は厚く、キッチンやバスルームの入れ替え工事から壁紙、蛇口の付け替えまでリフォームのことならなんでも対応している。

ショールームにはスタンダードモデルのトイレや洗面台、浴室が展示してあり、実物を見ていただくことができる。もちろんここに置いていないものも発注可能だ。佳純以外の社員は皆男性の技術者で営業も行っている。

佳純の仕事はショールームを訪れたお客様への対応からメーカーへの発注業務、売り上げ管理まで多岐に渡る。

ここで働くことになったのは親友がきっかけだった。

妊娠がわかり、瞬と別れ東京ではない場所に引っ越すと決めた佳純は、柚希だけには電話ですべての事情を打ち明けた。『彼には話したほうがいいよ』と散々諭されたが、佳純の決心は変わらなかった。

すると柚希は、『だったらうちの実家で働かない？』と声をかけてくれたのだ。

それまで悦子とパート女性の二名で業務を回していたのだが、増える受注に対応するために事務員が欲しいと話していたところだったらしい。

勤務時間は安定しており、基本土日は休み。本当にありがたい話だった。大学にも行かず、フラワーショップの店員と清掃作業員の経験しかなかったので、東京を出ても同じような職を探そう思っていたから。

迷惑をかけてしまうと思ったが、遠慮をしている状況ではなかった。柚希の両親に頭を下げて図々しく甘えさせてもらった。

アパートを借り移り住んだ佳純は、だんだん大きくなるお腹を抱えながら必死に業務を覚え、出産後は産休を取ってから復職している。

逃げるようにあの場所から離れてもうすぐ四年。今、佳純は二十八歳になっていた。

退勤した佳純は速足で保育園へ向かう。自宅と職場と保育園がすべて徒歩圏内なのは非常に助かっている。車がないので雨の日や荷物が多い日はなかなか大変だけれど。

徒歩十五分ほどで保育園に到着し、門のオートロックを開錠する。

園庭では、おおぜいの子どもたちがおもいおもいに遊んでいる。その中にわが子の姿を見つけ佳純は手を振った。

「大輝《だいき》！」

砂遊びをしていた小さな男の子がこちらに気づき、満面の笑みで駆け寄ってくる。

「ママー！」

「ただいまー大輝」

佳純はわが子をしゃがんで抱きしめる。小さく柔らかい存在が仕事の疲れを一気に吹き飛ばしてくれた。

先月三歳になったばかりの大輝は佳純のなによりも大切な存在だ。

「手を洗ってからおしたくしようか」

「うん」

小さな体に付いた砂を払ってから立ち上がると、チェックのエプロンをした柚希が砂場用のシャベルやバケツを提げながらこちらにやってきた。そろそろ外遊びの時間は終わりなので片づけを始めているようだ。

「お疲れ、佳純」

「柚希もお疲れ様」

大輝は「さっきね」と言いながら佳純の手をギュッと握ってくる。

「ゆずせんせいに、くるまのえほんよんでもらった」

「そうなの、よかったね」

「大輝は本当に乗り物好きだよね」

柚希は屈んで大輝に笑いかける。

柚希は実家で暮らしながら、この保育園で保育士をしている。大学卒業と共に勤め始めて六年目。本人曰《いわ》く、だいぶ仕事には慣れてきたらしい。

彼女は大輝の担任ではないが、異なる年齢の子たちを合同で保育する縦割り保育の時間があるので、そのときに読んでもらったのだろう。

帰り支度を終え、柚希にひと言声をかけてから保育園を出る。佳純は大輝を連れて近くにあるスーパーに足を向けた。

なるべくネットスーパーでまとめ買いをしているが、それでも足りないものは出てくる。

「ママ、ヨーグルトほしい！」

「そうだね。もうなかったから買って帰ろうか」

会計をすませ、重たくなったエコバッグを肩に店から出る。ここから家までは歩いて十分程度なのだが、それは大人の足での話だ。これまでずっとベビーカーで移動していたのだが、最近大輝が乗るのを嫌がるようになってしまった。

（いつまでもベビーカーってわけにもいかないってわかってたけど、荷物もあるし家までの時間もかかるし大変なのよね。やっぱり、子どもを乗せられる自転車を買うべきかな）

できるならほかのママさんたちが乗っているような電動アシスト付き自転車が欲しいのだが、調べてみたらかなり高額で手が出そうもなかった。

（大丈夫、昔から体力だけには自信があるし、普通の自転車でもいけるはず）

子どもの頃以外では、熱を出したり寝込んだりした記憶のない佳純だ。以前のダブルワークもなんとか持ちこたえられたのは健康体だからだろう。母子家庭で自分が倒れたら大変なことになる。自分を頑丈に産んでくれた両親に感謝するのだった。

「にっこにっこえがおのーマンマルマンー」

「怒ってばかりのービリビリマンー」

大輝が歌う幼児向けアニメのオープニングに合いの手入れつつ、手をつないで歩く。調子が外れているのもまたかわいい。

「佳純、大輝！」

スーパーの敷地を出たところで声をかけられる。振り向くと作業着を着た大柄な男性が自転車を降り、こちらに近寄ってきた。

「琉生《りゅうせい》君、お疲れ様。たしか飯田《いいだ》さんの家のトイレリフォームのご相談だっけ。終わったの？」

「ああ、これから事務所戻って見積もり作る」

「りゅーくん！」

「おー大輝、今日も元気だな！」

足元でピョンピョンと跳ねる大輝にニカッと笑いかけた彼は、山谷琉生。柚希の三歳下の弟で現在二十五歳。佳純の幼なじみでもある。

明るい髪色に着崩した作業着、耳には複数のピアスの跡からわかるように彼は中高生時代にグレて、たいそう家族を困らせていたそうだ。

山谷家が引っ越してしまったあとのことなので荒れていた頃の彼を知らないのだが、背も高く筋骨隆々といった体つきをしているので、きっとケンカも強かったに違いない。

今は心を入れ替え、山谷リフォームの後継ぎとして父親である社長にしごかれながら現場で学んでいるところだ。元来の真っすぐで明るい性格、人懐っこさも相まって地元のお客様にかわいがられている。

「荷物重そうだな。家まで運んでやるからカゴに入れろよ」

琉生は自転車の前カゴから仕事用のリュックをひょいと持ち上げ、背負う。

「琉生君、今から事務所に戻るんでしょ。大丈夫だよ」

「大した距離じゃねぇし、ほら行くぞ」

遠慮する佳純からエコバッグや通園バッグを取り上げさっさとカゴに入れてしまう。

「ごめんね、じゃあお願いします」

「おう」

琉生が自転車を押し、その横を大輝と手をつないで歩く。

「りゅーくん、じてんしゃ、のりたい！」

「この自転車は、お前を乗せられる椅子が付いてねぇからダメだ」

「えー」

つまらなそうな顔をしている大輝だが、幼いながらに琉生の的確な説明のおかげでちゃんとダメだと理解できたようだ。

生まれたときから山谷家の人たちにお世話になっているからか、大輝は彼らに懐いていて特に琉生はダイナミックな遊びをしてくれるから好きなようだ。

（いくら私が頑丈とはいえ、十五キロを肩車したり、何度もたかいたかいするなんてできないもんね）

「琉生君、いつもありがとね」

琉生だけではない、彼の姉や両親に佳純はどれほど助けられてきたか。

大輝をここまで育てるのは楽しいことばかりではなかった。

妊娠中はトラブルなく過ごせたのだが、産むときにはかなり時間がかかった。微弱陣痛で入院後一晩経っても産まれてこず、これ以上遅れたら母子共に悪影響が出るとドクターが陣痛促進剤を入れるか頭を捻っていた矢先、陣痛が来て出産。へとへとになりながらも、わが子と対面できたときは震えるほど感動した。

しかし、ふたり暮らしが始まると幸せを感じる暇などないくらい忙しく、様々なことに翻弄された。

頻繁な授乳による睡眠不足はあたり前。一時期夜泣きが激しかったので、アパートの住人に気を遣い、夜中に抱っこで外に出て寝かしつける日々が続いた。生後半年ではじめて熱を出したときは心配で一睡もできなかったし、歩き出したら目が離せなくなった。転んでテーブルに頭をぶつけたときは青くなって病院に駆け込んだ。

とにかくすべてがはじめての経験で、今だって毎日手探りだ。

綱渡りのような生活だが、日々成長していく息子はなににも代えがたい愛しい存在だ。大輝のためならどんな苦労だって苦労とは思わなかった。

周囲に迷惑をかけないよう、大抵のことは自分でなんとかしてきたが、山谷家の人たちはいつも自分たち親子を気にかけてくれている。

いざとなったら相談できる人がいるというのは、本当にありがたかった。

(よく『遠くの親戚より近くの他人』って言うけど、私は、近くの親戚から逃げて遠くの他人に救われたんだな)

そんなことを考えながら笑顔を向けると、なぜか琉生が顔を強張らせている。気持ち顔も赤いような気がする。

「琉生君？」

「……佳純はさ、結婚とか考えねぇの？」

「え、結婚？」

思いがけない問いかけに佳純は目を丸くする。

「なんていうかさ、大輝に父親がいたほうがいいとか思わないのか」

小声になったのは、大輝に聞こえないように気を遣ってくれているからだろう。

「……それは」

琉生がこんなことを言うなんて少し意外だった。佳純の事情は、柚希にしか打ち明けていないし柚希も誰にも話していない。山谷夫妻や琉生は大輝の父親のことには触れずに接してくれていた。

「うーん、しばらくは無理かなぁ。今は毎日が精いっぱいで、そういうこと考える余裕がないし。そもそもほら、私なんかを奥さんにしたいって思うもの好きな男性いないでしょ」

あえておどけると、琉生が急に足を止めた。

「そんなことねぇ！　いるにきまってんだろ！」

突然の大声に佳純は目を瞬かせ、大輝もビクリとする。

ハッとした顔をした琉生がすぐに慌て出す。

「き、急にでかい声出して悪い。大輝びっくりしちゃったな」

「びっくりしたー」

大輝が胸を押さえる仕草をすると、琉生は申し訳なさそうな顔になった。

「本当にごめん。佳純も変なこと聞いて悪かったな。その、忘れてくれ」

「ぜんぜん。琉生君、気を遣ってくれてありがとね」

佳純は笑って首を横に振る。琉生は自分たち親子の行く末を心配して言ってくれただけなのだ。

なぜか項垂《うなだ》れながら自転車を押す琉生の横を歩きながら、彼の優しさに改めて感謝するのだった。

アパートに着いた佳純は琉生に礼を言って別れる。

大輝と住んでいるのは四階建ての賃貸アパートの二階、間取りは１ＤＫだ。

築二十年と決して新しくはないし設備も古いが、前にひとりで住んでいた東京のアパートより広く日あたりもいい。しかも、そこよりも安い賃料で借りられたので大変助かっている。

「おなかすいた！」

玄関で靴を脱いだ途端、ダイニングに突進しかける大輝に声をかける。

「大輝くん、おうちに帰ったらまずなにをするお約束ですか？」

「……おててごしごしと、ぐじゅぐじゅぺー」

大輝はピタッと足を止め、回れ右してパタパタと洗面所に向かう。

「えらいねぇ」

「ぼくえらい、うんしょ」

小さな手足を精いっぱい伸ばし、幼児用の踏み台に上る息子を佳純は微笑ましく見守るのだった。

それから十日ほどたった土曜、佳純は大輝を連れて外出していた。

自宅から電車に乗り数十分、目的地の駅で降りると、ロータリーにたくさんのバスが停車している。

「ママ、ママ、バスのる？」

「うん、あっちから乗るよ」

「やったぁ！」

大輝は電車やバスに乗れると聞いてから、今日のお出かけを心待ちにしていた。昨夜は楽しみすぎて興奮してしまい寝かしつけるのに苦労した。

（普段どこにも連れていってあげられてないもんね。遊ぶのも近くの公園ばっかりだし）

お金に余裕がないから今は旅行もレジャーも難しいが、こんなに喜ぶならたまにこうして乗り物で出かけるのもいいかもしれない。

バスに乗り込み後方の座席に寄り添って座る。大輝は走り出した車窓に張りついて外を見ていた。

「あっ、パトカー！」

パトロール中と思われる警察車両を見つけ、大輝は声を弾ませる。

乗り物好きな大輝は特に働く車に憧れていて、パトカーを見つけるといつも目をキラキラさせる。

「本当だ、カッコいいね」

「カッコいい！」

「ほらほら、ちゃんと座ってないとあぶないよ」

立ち上がりそうな勢いの息子を佳純は苦笑して落ち着かせた。
バスを降りてすぐの場所に目的地の霊園はあった。
メモリアルパークと名のついたこの場所は、霊園というより公園のようになってい
て、一年を通じて花が咲くように手入れされている。
母が亡くなったときに父が『ここならずっと花が咲いているからお母さんも喜ぶ』
と気に入って購入し、今では父と祖母も眠っている。
「お父さん、お母さん、おばあちゃん、なかなか来られなくてごめんね」
小さな墓石の前にしゃがんで駅前で買った花を手向《たむ》ける、両親が好きだったスイー
トピー、そしてカスミソウだ。
「最後に来たのはこの子がお腹にいるときだったから、はじめて顔を見せるね。大輝
おいで、ひいおばあちゃんとおじいちゃんとおばあちゃんにご挨拶しよう」
「ごあいさつ？」
首をかしげる大輝を優しく引き寄せる。
「こうやるの」
佳純は手を合わせて目をつぶってみせる。すると大輝も小さな手を合わせ、ギュッ
と目をつぶった。

墓参りが終わり、佳純は大輝を連れて園内を歩く。高くなった十月の空の下、様々な秋の花が咲いている。

(きっと今の時季、お店はハロウィンの飾り物とか秋のアレンジでいっぱいなんだろうな)

佳純は咲き誇る花を前に以前の勤め先、フローリスト　デ・パールに思いを馳せた。『急で申し訳ありません』と店長に頭を下げ退職を申し出た四年前、辞めるまでの期間が短かったため、店にはかなり迷惑をかけてしまった。それでも店長は『なにか困ったことがあったわけじゃないわよね』と佳純自身のことを気にかけてくれた。

優しい店長になにも話せないまま辞めてしまったのは、未だに申し訳なく思っている。

今でも花は大好きだ。十年後か二十年後かわからないけれど遠い将来、花に関われる仕事ができたらいいなと漠然と思っている。

(仕事じゃなくても、身近に花が感じられる生活ができたら幸せだな。今はそんな余裕ないけど)

しかし母と違って大輝は花に興味はないようだ。佳純のスカートを引っ張りながら見上げてくる。

「バスのる?」

どうやらもう帰りたいようだ。佳純は苦笑して息子の頭を撫でた。

「乗るよ。でもまだ時間があるから向こうのベンチで座ってお茶飲もうか」

ベンチの前にはコスモスが植わっていた。ちょっとした花畑のようになっていてピンクや白の花が風に揺れている。

大輝と並んで座り、家から持参した水筒から小さなプラスチックのマグカップに麦茶をそそいで渡す。両手に持って上手に飲む息子の横顔にしみじみ思う。

(親の欲目を除いても、顔立ちが整ってるのよね……)

大きな目に長い睫毛《まつげ》、子どもながらに目鼻立ちがしっかりしている大輝は保育園では女の子からとても人気がある。そのママさんたちからも。

悦子は『大輝くんがイケメンなのは美人だった佳純ちゃんのお母さんの血ね』などと言ってくれるが、たぶんそうではない。

(ますます彼に似てきたような……)

佳純のDNAはどこに行ってしまったのかと思うほど、大輝の顔立ちは元恋人に似ている気がする。

それを確かめるすべはないし、する気もないけれど。

瞬に別れを告げる電話をしてからすぐ、スマートフォンは解約しデータも全て破棄した。

今使っているのは新しく契約した格安スマートフォンで、あえてアカウントも引き継がなかった。彼の連絡先はもちろん写真も一切残っていない。

別れた当初はパトカーや警察関連のものを見るたび、瞬を思い出し胸が痛んだ。

(でも改めて考えてみると、瞬さんは最初から私をフランスに連れていくつもりなんてなかったんだろうな。私、ひとりで悲劇のヒロインぶっちゃったかも)

あのとき佳純は精神的に追い詰められて、自分が身を引かなければいけないと思い込んでいた。

インターポールへの派遣が取りざたされているのに、瞬が佳純にその話をしなかったのは、所詮佳純がその程度の恋人だったからだ。こちらが別れを切り出さなくても同じ結果になっていたに違いない。

(今頃瞬さんはインターポールで活躍してるのかな。たしか赴任は三、四年だって聞いたから戻ってきてるかもしれないけど。斉藤さんと結婚して、子どもも生まれてたりして……)

時間と共に記憶は薄れていく。彼の顔も声も温もりも。代わりにあるのはなによりも愛しい存在を守り育んでいく現実だ。

もうパトカーを見ても心は痛まないし、目の前で揺れるコスモスはあのときの色ではない。

（勝手にこの子を産んでごめんなさい。でも後悔は一切していません。二度と会うことはないけれど、どうか瞬さんも今幸せでありますように）

「そろそろバス停に行こうか」

一息ついた佳純は大輝に声をかけた。

「うん……」

大輝はベンチに座ったまま動かない。昨日も寝るのが遅かったし、はしゃぎすぎて疲れてしまったのだろうか。佳純は水筒を片付けながら励ます。

「眠くなっちゃった？　でもバス乗れるよ。頑張ろう」

トートバッグを肩にかけ立ち上がった佳純の視線の先に、ふと人影が映った。すらりとした高い背丈の男性がこちらに足を向けているように見える。

土曜の昼ではあるが、広い敷地内であまり人を見かけなかったのでなんとなく気になって姿を追う。

（……え？）

だんだん近づいてくるその顔を認識した途端、体中の血が凍りついた。佳純は目を極限まで開くと同時に音もなく息を吸い込む。

（そんなはずない……彼がここに来るなんて、ありえない。きっと人違いだ）

男性を茫然と見つめながら必死で自分に言い聞かせる。そうでなければ彼の幻を見ているのだ。

「佳純！」

どういうことだろう。自分を呼ぶ声も記憶のままだ。

身動きが取れないでいる佳純の前に、その人は立った。

「佳純」

もう一度名前を呼ばれる。現実だと認識し、ドクンと大きく鼓動が跳ねた。

「しゅん、さん……」

絞り出した声は自分でも驚くくらい掠れていた。

こちらを見つめているのは別れた元恋人の瞬。整った顔つきは四年前となんら変わっていなかった。

「なん、で」

「……前に、話してくれただろう？　この地域の庭園みたいな霊園にご両親とおばあさんが眠ってるって。もしかしたらここじゃないかって思って寄ってみたら……まさか、君に会えるなんて」

慌てていたのか、瞬の息は少しだけ上がっていた。

たしかに彼と付き合っていた頃そんな話をした気がするが、なんという偶然だろう。

でもこんな偶然あっていいはずがなかった。

佳純の頭の中はどうしようという焦りでいっぱいになる。この状況を乗り越える方法をなにも思いつかない。

「あの……」

「佳純」

ふたり同時に口を開いたときだった、うしろのベンチから降りた大輝が佳純の足元に抱き着いた。

「ママ？」

「だ、大輝」

佳純の陰になっていて気づいていなかったのだろう。視線を下に移した瞬の秀麗な顔が、みるみる驚愕に支配されていく。彼と付き合っていた短い期間ではこんな顔は見たことがなかった。

佳純は震える手で息子を引き寄せた。

「……君の、子どもか？」

永遠に感じる数秒の沈黙のあと、低く問われる。

「……はい」

この状況で、自分の子ではないなどと言えなかった。それにどんなに幼くたって息子の前でそんな嘘はつけなかった。

瞬は大輝から視線を外さない。

「今、何歳だ？」

その質問には答えられなかった。先月三歳になったばかりだと言ったら彼の子だとわかってしまう。もしかしたらすでに気づかれているかもしれないが、認めるわけにはいかない。

「すみません、私たちバスの時間がありますので。大輝行こう」

とにかくこの場から立ち去らなければ。無理やり話を断ち切り歩き出そうとしたが、瞬に肩を掴まれる。

「待ってくれ」

「あの……っ」

逃げるなど許さないといわんばかりの強い力に、佳純は一瞬怯む。

「佳純、話をさせてくれないか。もしかしたらこの子は……」

「この子は私の子、それだけです」

お願いだから会わなかったことにしてほしい。ドクドク鳴り続ける心臓の音を必死に抑えながら彼を振り切ろうとする。

「佳純」

「放してください！」

佳純が体を捩《よじ》ったとき、小さな体がふたりの間に分け入ってきた。

「いじわる、ダメ！」

大輝は両手を広げて佳純を庇うように瞬を見上げていた。きっと母がいじめられていると思ったのだろう。

瞬はハッとした表情になり、佳純の肩を解放する。

「……ありがとう大輝、ママ大丈夫だから」

正直全然大丈夫ではない状況だが、こんなに小さいのに母を守ろうとする息子の優しさに少しだけ冷静さを取り戻す。

ともかくこれ以上この場にとどまるわけにはいかない。佳純はしゃがんで大輝を抱き上げようとした。

「……あれ、大輝熱いの？」

近くで見ると大輝の顔がやけに火照《ほて》っている。頬が赤いだけではなく、目も潤んでいる。慌てておでこを触ると明らかに熱い。

「んー」

大輝は力なく佳純に手を伸ばしてきた、抱き上げると体中が熱を持っているのがわかった。

ぐったり体重を預けてきた大輝に佳純は焦る。普段あまり高い熱を出さない子なのにどうしてしまったのだろう。

「だ、大輝、辛いの？」

大輝は答えず佳純の肩にぐったりと頭を預ける。

（病院に、病院に行かなきゃ）

そう考えたとき、そろそろ時刻は正午になろうとしていることに気づく。

土曜日は午後休診になる病院が多い。いつもお世話になっている小児科もそうだ。

今から帰っていてはとても間に合わない。休日診療を探すべきだろうか。

大輝をギュッと抱きしめながら考えを巡らせていると、瞬が口を開いた。

「ここには車で？」

「い、いえ、バスと電車で……」

「だったら、この近くで今からでも受診可能な小児科を調べて電話してみてくれ。すぐに向かえば午前の診療で診てもらえるんじゃないか」

「……はい」

瞬の落ち着いた声と的確なアドバイスに佳純はうなずいた。

（私が焦って取り乱してもこの子が楽になるわけじゃない）

座っていたベンチに戻り大輝を抱いたままスマートフォンで検索すると、ここから車で五分ほどの場所に午後一時まで診療してくれる小児科を見つけた。電話をかけるとまだ受付可能だという。名前を告げ、これから向かいますと伝える。

「混んでいて時間がかかるかもしれないけれど、診てもらえるそうなので今からタクシーで向かいます」

「どこの病院だ？」

「ええと……」

佳純は問われるままスマートフォンの地図アプリに表示された小児科の情報を見せる。

瞬はうなずくと自分のスマートフォンを取り出し、素早く操作し始めた。

「今、手配した」

「手配？」

「タクシー、すぐにそこの門の前に来るはずだ。俺の名前で呼んであるから乗って向かってくれ。その子を抱えてひとりで行くのは大変そうだが大丈夫か？」

瞬はスマートフォンのアプリでタクシーを呼んでくれたらしい。

「大丈夫です。あ、あの、ありがとうございました」

いろいろなことが急展開で感情がついていかないまま頭を下げると、瞬はなんでもないように答える。

「またあとで」

「えっ？」

佳純がきょとんとしている間に、瞬は身を翻《ひるがえ》してその場をあとにした。

（今、またあとでって言ったような。気のせい？）

ともかく今は早く病院に行って大輝を診てもらわなければ。佳純は瞬の呼んでくれたタクシーに乗り込み、病院に向かった。

土曜の病院はやはり混んでいて、診察まで一時間弱待つことになった。でも診てもらえるだけありがたい。佳純はウトウトする大輝を胸に抱いたまま順番を待った。

受診の結果、喉が少し赤いのでそこから出た熱だろうと診断された。しっかり水分を取って安静にしているように言われる。緊急を要するような病気ではなくてとりあえず胸を撫でおろす。

(私が気をつけていれば、もっと早く体調の異変に気づいてあげられたのに)

病院の隣にある薬局で大輝に麦茶を飲ませながら、佳純は人知れず落ち込む。

まだ体の熱い大輝をギュッと抱き直す。この子になにかあったら自分は生きていけない。

(とにかくお薬もらったら飲ませてすぐに家に帰って寝かせなきゃ。もう一度タクシー呼ぶしかないか。相当お金がかかっちゃうけど仕方ない)

散財は痛いが大輝に無理はさせたくなかった。

薬を受け取り、グズる大輝になんとか飲ませた佳純は薬局の自動ドアから外に出て——足を止めた。

すぐ前の駐車場に瞬が立っていたのだ。

「瞬、さん」

固まっていると、瞬はこちらに近づいてくる。

（またあとで、って聞き間違いじゃなかったのね。そういえばさっきタクシーを呼んでもらったとき、ここの場所教えちゃってた）

「大丈夫だったか？」

瞬は佳純の腕の中の大輝を心配げに覗き込む。

「……喉が腫《は》れているらしくて、しばらく様子を見て、熱が下がらないようだったら自宅近くの病院で診てもらうように言われました」

そうか、とうなずいた瞬は佳純に向き直り思いがけない言葉を口にした。

「俺は車で来ているから、君たちの家まで送っていく」

「いえ、大丈夫です。タクシーで帰りますから」

慌てて断るが瞬は引かない。

「わざわざ電車とバスで来るような距離なんだろう？　それにタクシーにはチャイルドシートも付いていないから、長距離だと心配だ」

まるで自分の車にはチャイルドシートが付いているような口ぶりだ。

（それって……瞬さんの車には、お子さんのものが付いてるってこと？）

それならなおさら乗ることはできない。自分はそこまで無神経ではない。

「本当に、結構ですから」

「せっかく買ってきたんだ。使ってくれないともったいない」

「……買ってきた？」

「君たちと別れたあと、そこで買ってきた。すぐ設置するから少し待ってくれ」

彼が指さした先、道路の向かい側には佳純もよく利用する子ども用品のチェーン店があった。この時間の間に、彼はわざわざ新品を購入したということだろうか。信じられない。

「一緒に買ってきたんだが、こういうの好きか？」

驚きに言葉を失う佳純を尻目に、瞬は手に提げた袋からパトカーのおもちゃを取り出した。グズグズと佳純に抱き着いていた大輝は途端に目を輝かせた。

「パトカー、ぼくの？」

「ああ、君のだ。飲みやすそうな子ども用のジュースも買ってある」

瞬が大輝におもちゃを渡すと、大輝はうれしそうな声を上げた。

「ママ、もらった」

「ちょ、ちょっと大輝」

元気が出たのはうれしいが、簡単にものにつられている。

それでも瞬に家まで送ってもらうわけにはいかない。迷惑をかけたくなかったし、なにより車の中で大輝の父親のことを聞かれたらごまかしきれる気がしない。

そんな佳純の心を読んだのか瞬が先回りした。

「佳純、今日は余計な話はしない。ただ俺が心配なだけだから送らせてくれないか」

一歩も引かない姿勢に、結局佳純は申し出を断れなくなってしまった。

瞬が設置したチャイルドシートは造りがしっかりした立派なものだった。はじめて座る大輝は最初ぎこちなかったが、車が走り出すとすぐにスヤスヤと寝入ってしまった。手にはしっかりパトカーのおもちゃを握っている。

後部座席で大輝と並びながら、自宅の住所を告げ佳純は改めて頭を下げる。

「鮫島さん、ご迷惑をかけて申し訳ありません。今日かかった分のお金はお支払いします」

あえて名前ではなく苗字で呼んだのはきちんと一線を引くためだ。自分たちは今、ただの他人なのだから。

瞬はそれを気にする様子もなく、静かにハンドルを切る。

「俺が勝手にしたことだから気にしないでくれ」

「でもチャイルドシートまで用意してもらうわけには」

彼にとっては大した金額ではないかもしれないが、甘えるのはおかしい。

「それこそ君の許可を取らずに買ってしまったものだ。……この先も使えるかもしれないし」

「あの……？」

最後のほうの話がちゃんと聞き取れず、佳純は遠慮がちに聞き返す。

「いや、気にされると俺が困るって言ったんだ。それより、ダイキくんの名前はどんな字を？」

「名前……」

一瞬躊躇したものの、佳純ははっきり答えた。

「大きいに、輝くと書きます」

「そうか。いい名前だな」

佳純の返事に瞬はふっと顔を綻ばせた。再会したとき四年前と変わっていないと思ったが違う。こうして見ると端整な横顔からは以前にも増して落ち着きと、男性としての余裕が感じられた。

（でも、やっぱり大輝と似ているな……目元なんてそっくり。こうして本物を見るとすごくわかる）

瞬と大輝が並んでいたら誰しも親子だと思うほど顔立ちが似ている。だから困るのだ。

余計な話はしないと言っていた瞬は、約束を守るかのようにその後は黙ってハンドルを握っていた。運転はとても慎重で安全に配慮してくれているのがわかった。

いつフランスから帰ってきたのか、今も警視庁で働いているのか、芹那と結婚したのか、彼に聞いてみたいことはいろいろあったけれど自分にその資格はないし、知ってどうなるものでもない。佳純も黙ったまま静かな車内でカーナビの音だけに耳を傾け続けた。

車は幹線道路を順調に走り四十分強でアパート前に到着する。停車すると瞬は運転席から降り、後部座席のドアを開けてくれた。

「本当に、ありがとうございました」

佳純は寝ている大輝を起こさないよう、慎重にチャイルドシートから下ろす。

「部屋まで行く」

そう言って佳純の荷物を持とうとする瞬に、きっぱり断る。

「いえ、いつもひとりでやってますから大丈夫です。では失礼します」

佳純はなるべく早く彼から離れたくてそそくさとその場を去ろうとするが、投げられた言葉に思わず足が止まった。

「大輝君の無事を確認したい」

「えっ」

「彼の体調がよくなったら電話をくれないか。番号は前と変わっていない。いや、君はもう携帯を変えてしまっているか」

後半独り言のように呟いた瞬は、胸ポケットから出した名刺にペンで素早くなにかを書くと、両手が塞がっている佳純のバッグの中に滑り込ませた。

「鮫島さ……」

「待ってるから」

「でも」

「ほら、早く部屋に戻って大輝君を休ませてやってくれ」

瞬はその場から動く気配がない。もしかしたら、佳純が部屋に入るまで見守るつもりなのかもしれない。付き合っていた頃、必ずそうしてくれたように。

このまま立ち続けるわけにもいかない佳純は頭を下げ、仕方なく建物の中へ足を向けた。

そういえば、昔似たようなやりとりをした覚えがある。階段を慎重に上りながら、そんな場違いなことを考えていた。

大輝の熱は翌日には下がり三日後には保育園に行けるようになった。

「大輝、元気になってよかったね。琉生に大輝が熱出したって言ったら心配してたよ」

保育園の廊下で大輝と帰り支度をしていると、通りかかった柚希が話しかけてきた。

「うん、急に熱が出たからびっくりしちゃったけど、すぐに落ち着いてくれたよ」

答える佳純の横で大輝は柚希のエプロンをちょいちょいと引っ張った。

「ゆずせんせい、ぼく、パトカーもらった！」

彼は瞬にもらったおもちゃのパトカーがかなり気に入ったようで、寝るときも枕元に飾っている。

「いいねぇ。ママに買ってもらったの？」

柚希はしゃがんで大輝に笑いかける。

「ううん、ママにいじわるしてたひと」

「いじわる？」

柚希は目を瞬かせたあと、どういうことかと問うように佳純に視線をよこしてきた。

「ね、熱で変な夢でも見たのかもしれないね。さ、大輝帰ろっか！」

「ちょっと、佳純？」

「ゆずせんせい、さようなら、明日もよろしくお願いします！」

大輝の手を引き、柚希から引き離すようにその場をそそくさと去る。

(瞬さんと再会したなんてわざわざ柚希に話すこともないよね。きっともう会うことはないだろうし)

昨日の夜、言われたように佳純は瞬に電話をかけた。

助けてもらったのに無視するのはよくないし、心に引っかかりのあるまま過ごすのは嫌だったからだ。

大輝が元気になってもう心配ないことと改めてのお礼、さらにこう伝えた。

『お互い、大事な人と新しい生活をしていると思います。この前のことは忘れてこれからもお元気でいてください』

匂わせるような言い方は嫌だったが、明確な嘘をつく勇気もなかった。

再会したとき自分が独身だとは言わなかったから、あの伝え方で瞬は佳純には夫がいると思ったはずだ。

その証拠に瞬は『わかった』と端的に返事をしてくれた。自分たちのことはなかったことにしてくれるだろう。彼にとってもそのほうが都合がいいはずだ。

(でも四年ぶりに再会するなんて、本当に心臓が止まるかと思った)

彼は佳純の言葉を思い出してあの霊園に来たと言っていたけれど、本当にたまたまだったに違いない。

すべては曖昧のままでいい。あまり深く考えるのはやめよう。忘れるのが一番幸せなのだ。

保育園から出て家に向かって歩いていると、向かいから自転車に乗りながら片手を大きく手を振っている琉生の姿が見えた。

「ちょっと、片手運転なんて危ないよ」

「はは、わるいわるい」

琉生は近くまで来ると、勢いよく自転車を降りた。

「大輝、熱出したんだって？　もう元気になったか」

大輝は琉生の足元で大きくうなずいた。

「げんき。りゅーくんぽくパトカーもらった」

「おもちゃか？　よかったな」

「あっ、柚希に聞いたけど心配してくれてたみたいだね。ありがとう。でもすっかり元気になったから。今日はもう現場終わったの？」

なんだか先ほど彼の姉としていた会話と同じパターンになりそうで、佳純はさりげなく会話を変える。

「そう、帰るとこだから家まで送っていく」

「いつも悪いよ」

「気にするなって。もう薄暗いし、お前らに会ったら家まで送るって決めてんだ。ほらカバンとか全部カゴに入れろ」

佳純は苦笑しながらお礼を言い、前カゴに荷物を載せ、アパートに向かって歩き出した。

ありがたいけれど、いつもこうして会うたびに彼に気を遣わせるのも申し訳ないと思う。

『琉生って、ああ見えて昔からなぜか女の子にモテるんだよね。どこがいいんだろ。ま、言い寄られてもここ何年かは彼女作らなかったみたいだけど』

柚希は弟のことをそう語っていた。琉生は派手な見た目に反して真面目だし優しい性格をしている。背が高くてがっしりとした体つきをしているので、モテるというのも納得だ。

彼女ができたら仕事終わりにデートをしたり、いろいろ楽しみたいだろう。少しの時間であれ自分たちに使わせるのは申し訳ない。

「これからのこと考えたら、やっぱり自転車買ったほうがいいかな」

するとと琉生はうーん、と首を捻る。

「佳純は運動神経いまいちっぽいからな。大丈夫か？」

「ひどいなぁ、でもいまいちなの否定できないのが辛い……」

たしかに佳純は運動神経に自信がない。自転車もしばらく乗っていないから少し不安ではある。

「無理に乗らなくてもいいんじゃねぇか？　大変なら俺が毎日送り迎えしてやろうか」

琉生の思いがけない言葉に笑みで返す。

「家族じゃない人に毎日送迎なんて頼めないよ」

すると琉生は「そうか」と言って黙ってしまったが、しばらくすると思い切ったように口を開いた。

「だったらさ」

彼が続きを言おうとしたそのとき、大輝が大きな声を出した。

「ママ、パトカーのひと！」

指をさしたのは自分たちのアパートの前。共用の入り口の前に瞬が立っていた。

「え、しゅ……鮫島さん？　なんで」

思わず彼の名前が口をつきそうになるほど驚く佳純と同じように、瞬はこちらに気づくと目を見開いたように見えた。

「知り合いか？」

思わず立ち止まった佳純の様子にただならないものを感じたのか、隣で琉生が声を落とす。

「う、うん」

瞬はゆっくりこちらに近づいてきた。

「佳純、突然すまない。今日は君と話がしたくて」

「あの、この間は本当にありがとうございました。でも、電話で話した通りで私からはお話しすることはありません」

無意識に大輝をうしろに庇いながら佳純は硬い声で答える。

「……なんだよあんた。ストーカーか？」

前に出て凄んだ琉生。しかし瞬は一歩も引かずに冷たい視線を返した。

「俺は、彼女の恋人だ」

「なっ……」

静かな迫力と〝恋人〟という単語に琉生が言葉をなくす。隣に立つ佳純も同じだった。

（恋人って、〝元〟が抜けてる……！）

「ごめん琉生君、五分だけでいいから大輝を見てもらってもいい？」

さすがにこの状況で話を続けるわけにはいかない。少しの間琉生に大輝を連れてすぐそばにある公園に行ってもらうことにする。

「こいつ、危なくはねぇんだな？」

心配げな顔で確認してきたので、佳純は笑みを作って答えた。

「うん、それは大丈夫」

「わかった。大輝、ちょっとだけ向こうで俺と遊ぶぞ」

「ママは？」

「お話が終わったら行くね」

佳純が言うと大輝は「ママがくるならいい」とうなずく。琉生は小さな体をひょい

と抱きあげ、瞬をもう一度睨《にら》むようにしてから歩き去った。

「……彼が〝いつも一緒にいてくれる人〟か？」

琉生たちの姿が見えなくなると、瞬は低い声を出した。佳純は心の中で息をのむ。

瞬は覚えていたのだ、別れを告げるときに佳純がついた嘘を。

――『私、いつも一緒にいてくれる人がいいって気づいたんです。急に会えなく

なったり、長い間会えないと寂しいから』

佳純だって忘れていない、あの嘘で心が壊れる寸前まで軋んだことも。

「……いえ、彼は幼なじみで、同じ会社に勤めている人です」

ここで琉生と結婚していると言えばよかったのかもしれない、でも、佳純は正直に答えてしまった。瞬の真っすぐな眼差しを前にすると、どうしても嘘が出てこなかった。

「佳純、あの子の父親は――」

口を開いた瞬を制するように佳純は言葉を挟んだ。

「前にも言いましたが大輝は私の子ども、ただそれだけです。お願いです。忘れてくれませんか」

はっきり伝え、深々と頭を下げる。瞬は大輝が自分の子どもだと間違いなく気づいている。だからこうして話し合って、なにかしらの責任を取ろうとしているのだ。

でも、佳純はこうなるのを一番恐れていた。勝手に大輝を産んで黙って育てたのは自分で、瞬にはなんの責任もない。

じっと足元を見続けていると、頭の上で声が響く。

「俺は、もう二度と諦めたくない」

「鮫島さん？」

恐る恐る顔を上げると真剣な眼差しと至近距離でぶつかり、ふいに鼓動が跳ねた。

「あの子が俺の子でなくてもいい。俺は父親になりたいし、君とやり直したい」

ゆるぎない意志が籠った声だ。

「で、でも、あなたは結婚してるんじゃ」

懸命に言葉を絞り出すと、彼はなんでもないような顔で答えた。

「俺は結婚なんてしていない。君と別れてからずっと独り身だ」

「……そうだったんですか」

芹那と結婚したと思っていたが、どうやら違っていたようだ。だからといってやり直すとか、そういう簡単な問題ではない。

「君もひとりで、大輝君を育てているんだよな」

確信しているかのような言い方にギクリとする。彼に独身と伝えた覚えはないのになぜわかってしまったのだろう。佳純の疑問に答えるように瞬は続ける。

「普通子どもが熱を出したら夫や家族に連絡するはずなのに、君にそういう素振りはなかった。アパートに着いて部屋まで行くと申し出たら君は『いつもひとりでやってますから』と答えた。なにより君は病院に問い合わせた電話で岡本と名乗っていた」

（しまった……さすが警察官の観察力。いや、私が迂闊《うかつ》すぎたのか）

きっと両方だろう。ぐうの音も出ずに固まっていると、やっと表情を和らげた瞬が優しい声を落とした。

「君は、昔から嘘が下手なんだよ。無理しなくていい」

「鮫島さん……」

「結婚していないなら、俺にもチャンスがあるはずだ。これからは大輝君の父親として認められるよう、いや、認めてもらえるまで諦めないつもりだ」

彼が本気になったら、嘘もその場しのぎのごまかしも簡単に暴かれる。そう痛感する。

（どうしよう。こんなはずじゃなかったのに……）

それでも彼に真っすぐに見つめられると、胸の奥が熱くなってしまう。佳純はそんな自分にも戸惑っていた。

一目でも会いたい

宣言どおり、瞬は佳純たちの住むアパートを訪ねてくるようになった。最初は玄関先で応対しようと思っていたのに、大喜びした大輝が彼を家に招き入れてしまい、彼らの勢いに押されるように家に上げてしまっていた。

（この所帯じみたアパートの狭い部屋で瞬さんが幼児と遊んでるなんて、未だに違和感しかない……）

ダイニングテーブルで保育園の連絡帳に記入しつつ、佳純は心の中で溜息をつく、今まさにスーツのジャケットを脱ぎネクタイを外した瞬が胡坐《あぐら》をかいた膝の上に大輝を乗せて絵本を読んでやっていた。

「つぎこれよんで」

「わかった、でもこれ読んだら寝ような」

「やだ、おきる」

彼がここにやってくるのは週に一、二回。大概佳純たちが入浴と食事を終えたあとだ。

おそらく幼い子どものいる家の生活リズムを乱さないよう、気を遣っているのだろう。『俺が大輝君と遊んでいる間は、佳純は少しでも休んでくれ』とまで言ってくれる。

瞬は子どもの相手がとてもうまかった。最初はもじもじしていた大輝もあっという間に懐き、母の真似をして彼を「さめしまさん」と呼ぶようになった。「じ」の発音はまだ難しいようだ。

ここにいるのは大輝が寝つくまでの一時間あるかないか、そんな短い時間のために仕事終わりに都内から四、五十分車を走らせ、また同じ道を帰っていくのだ。

忙しい人だ。もしかしたらそのうち来なくなるのではないかと思っていた。しかし通い始めて約一カ月経った今でもその習慣は続いている。

寝ないと主張していた大輝は、いつの間にか瞬の腕の中で寝てしまっていた。

「そろそろ帰るよ」

大輝をそっと布団に寝かせると、瞬は静かに立ち上がった。

「あの……」

佳純もダイニングの椅子から立ち上がり、声をかける。

「うん？」

「いつも、大変じゃないですか？　お仕事お忙しいのに」

「君たちに会えるなら苦じゃないよ。それに今の職務はそれほど現場に振り回されない。どちらかというと管理のほうが主だから」

先月インターポールでの職務を終え帰国した瞬は警視正に昇進し、今は警視庁で参事官という職務に就いているらしい。

警察の階級のことはまったく知らなかったが、この話を聞いて調べてみたところ警視正は警視庁のトップである警視総監まであと三階級の役職で、警察全体で警視正以上の階級が占める割合は０・２パーセントしかないらしい。やはり彼はとんでもないエリートだった。

瞬はダイニングテーブルの上にチラリと目をやってから、佳純に柔らかな表情を向ける。

「また来るときは連絡するから。おやすみ」

昔と変わらない切れ長な瞳に愛おしさが籠っている気がして、つい胸が疼《うず》いてしまう。

「……はい、気をつけて」

なんとか平静を装い、玄関で瞬を見送った佳純は部屋に戻る。テーブルの上には先ほど彼が視線をやっていた一輪挿しがあり、ピンクのガーベラが可憐《かれん》に咲いていた。

彼が来るようになってから、この部屋には常に一輪の花が飾られている。

瞬がはじめてこの家に来たとき佳純に差し出したのは、シンプルなガラスの一輪挿しと、オレンジ色のバラだった。

『前に君が話してくれただろう？　お父さんが花を見て機嫌が悪くなる人はいない、一輪あるだけで人の心を和ませられると言ってたって。それにあやかって君の気を引こうと思ったんだ』

そう言われ、不覚にもときめいてしまった佳純は思わず受け取り、テーブルの上に飾った。

瞬は、一輪挿しの花が枯れる前に、必ず次の花を手にここにやってくる。

「……本当に記憶力がいいんだな。あんななんでもない話を覚えてくれてたなんて」

今日受け取ったばかりのガーベラの生き生きした花弁をそっと撫で、独りごちる。

本当に一輪あるだけで心が癒される。花屋だったのに、日々に追われてそんな気持ちも忘れかけていた。

彼が足しげくやってくるのは、大輝の父親としての責任を果たそうとしているからだ。佳純とやり直したいと言ったのも、気を引きたいと言ったのも大輝のためなのだろう。

(やり直すなんて現実的じゃないって、すぐに気づいてくれると思っていたけど……どうしたらいいんだろう)

これ以上瞬と一緒の時間を過ごしたら、彼に惹かれる気持ちが抑えられなくなる。インターポール帰りのエリート警視正と、身寄りも財産もない自分が釣り合うわけがない。しかも罪を犯した叔父から逃げてきた身だ。

瞬の存在が大きくなる分、離れるときにまた辛い思いをしなければならない。それがとても怖かった。


「ママ、さめしまさん、くる?」

ふたりで入った湯船の中、大輝に上目遣いに問われる。

「今日も来ないみたいだね」

最後に会ってから一週間、瞬はアパートに来なくなっていた。スマートフォンに何度かこちらを気遣うメッセージは入っていたが、きっと忙しいのだろう。

(やっぱり瞬さん、今まで相当無理していたんだろうな)

最近はテレビニュースで警視庁の関わる事件が流れると、つい目が行くようになってしまった。報道されているだけでもたくさんあるのだから、瞬はものすごい数の犯罪と対峙しているのだろう。現場にはあまり出ないと言っていたが大変なことには変わりはない。

今日も瞬が来ないと知った大輝は、つまらなそうな顔で湯船に浮かべたアヒルのおもちゃをつついている。

「大輝は鮫島さん、好き？」

なんとはなしに聞いてみると、大輝は悩む素振りもなく答えた。

「うん、すきー」

「そっか」

もしかしたらこのまま、連絡が途絶えて会わなくなるかもしれない。

佳純自身が望んでいたことだ。よかったではないか。大輝だって今は懐いていても、しばらくしたら忘れてしまうだろう。そう思いつつも胸の奥のほうはギュッと切なくなる。

「さー、そろそろ出ようか！」

余計なことを考えないように、佳純は勢いよく湯船から上がった。

大輝を寝かしつけたあと、ダイニングを片付けているとテーブルの上の一輪挿しに目がいった。

一週間前にもらったガーベラ。こまめに水揚げをしていたがだいぶ萎《しお》れ、力なく下を向いていた。

「もう、終わりかな……」

棄てようと一輪挿しに手を伸ばしたとき、部屋着のポケットに入れていたスマートフォンが軽く振動する。

取り出して目を丸くする。瞬からのメッセージが届いたのだ。

【今から行っていいか】

「えっ、今から?」

思わず声を漏らしたあと、佳純は慌てて返信を打つ。

【もう大輝も寝てしまいましたし、鮫島さんはゆっくり休んでください】

【なら起こさないようにする。玄関の前でまた連絡するから】

来ないでいいというこちらの意図が通じなかったのか、メッセージが途絶える。おそらく車に乗ってこちらに向かっているのだろう。

(こんな時間に来たことはなかったのに。大輝の寝顔を見に来るってこと?)

落ち着かないまま待つこと約一時間、再び彼からメッセージを受信する。

【今、玄関前に着いた。開けてもらってもいいか】

インターホンを鳴らさないのは、大輝を起こさない気遣いなのだろう。

佳純は素早く立ち上がり、音を立てないように玄関のドアに手をかける。

「こんな遅くにすまない。すぐに帰るから」

そこにはスーツ姿の瞬が立っていた。遅くまで仕事をしてそのままここに来たのだろう。

中に招き入れると、瞬は音を立てないように気をつけながら布団に近づいた。

「……よく寝てるな」

すやすやと眠る大輝の顔を見て顔を綻ばせるその表情は、まさに〝父親〟だった。

彼の大輝に対する愛情を垣間見るたび、佳純の中で押さえつけていた罪悪感が疼く。

（瞬さんは私のせいで大輝の存在を知らずに、成長も見守れなかったんだ。それに私、大輝が瞬さんの子どもだってことすらちゃんと伝えてない）

なにも言えずにじっと見守ることしかできない。すると、瞬は静かに立ち上がる。

「俺が来るから起きていてくれたんだろう。すまなかった。帰るからもう寝てくれ」

この部屋に入ってからたぶん五分も経っていない。

本当に瞬は大輝の寝顔を見るだけのためにここに来たのだ。疲れた体で無理はしてほしくないと切実に思う。

一方で佳純は瞬がこうして来てくれ、顔を見られたのがうれしいと感じている自分にも気づいていた。

それをごまかしたくて出た言葉は、素直ではなかった。

「……もう、無理して来ていただかなくて大丈夫ですから。鮫島さんには大事なお仕事があるんですから、それを優先してください」

その刹那、佳純の両手が瞬の掌で柔らかく包まれた。

驚きに固まる佳純の耳に切なげな声が響く。

「忙しいのを理由にしたくないんだ。俺は以前、君の言葉に甘えて失敗しているから」

瞬の言葉と掌の温もりがじわじわと体中に伝わり、鼓動が速くなっていく。

「大輝君に会いたいのはもちろんだけど、佳純、俺は君に一目でも会いたいからここに来ている」

「鮫島さん、でも」

佳純は包み込まれた手を引こうとするが、逃がさないとばかりに握り込まれる。

「それは覚えておいてほしい」

瞬はゆっくり手を離すと、ラッピングされた一輪の花を差し出してきた。

全体的に白く、花びらの外側が淡いピンク色のグラデーションになっている八重咲きのダリアだった。高鳴る胸のまま、佳純はそれを受け取る。

「やっぱり、佳純は花が似合うな」

愛おしげに囁いた瞬は、佳純の頬を大きな掌で包み優しく撫でた。その温もりに懐かしさと安心感を覚え、なんだか泣きたくなってしまう。

でも、こちらを見つめる瞳には、大輝に向けていた父親の顔とはまったく違う熱が浮かんでいた。それに気づいた佳純の鼓動はどんどん速くなる。きっと頬は赤くなっているに違いない。

「これからも何回でも通うよ。君が、君たちが俺を受け入れてくれるまで」

揺るぎない意志の籠った声に思わず目を伏せると、瞬は佳純の髪をゆっくり撫でた。

「その後どうなのよ。通い夫との関係、進展した？」

「やめてよその言い方。ていうか、柚希はそんな話をしにわざわざお休みの日にここに来たわけ？」

昼休み、佳純が事務所の窓際にある小さな休憩コーナーで昼食を食べていたら、休日の柚希がふらりとやってきた。

山谷家の自宅はこの事務所の裏だから彼女はなにかとこうして顔を出したり、簡単な作業なら手伝ってくれることもある。

ほかの職員は食事に行ったり現場に出ていたりして誰もいない。

当初、瞬のことは黙っていようと思っていた佳純だが、結局柚希にだけはすべて打ち明けることにした。

アパートの前で瞬と鉢合わせしたあと、詮索せず『なんか困ったことがあったらすぐ相談しろよ』とだけ言ってくれていた琉生だったが、姉には話したらしい。

『恋人を名乗る男に待ち伏せされてたんだって？　どういうこと⁉』とすごい剣幕で詰められたらごまかしようがなかったのだ。

彼女は四年前の瞬との顛末《てんまつ》も知っているから、苦しい胸のうちを相談する相手としてもふさわしかった。

「だって、足しげく通ってくるんでしょ」

柚希は持参したミルクティーのペットボトルのキャップを開ける。

「足しげく……は、そうかも」

佳純は弁当箱の小さなウィンナーを口に運ぶ。朝、大輝に食べさせたものの残りだ。

あれから半月、瞬は相変わらずのペースでアパートを訪れている。一輪挿しの花もいつも新鮮なままだ。

「で、佳純はどうするつもりなのよ」

「とりあえず、どうにもできていない自分の意志の弱さに激しく呆れてる」

柚希に切り込まれ、佳純は正直な気持ちを明かす。

再会後、意識的に彼を避けようとしていたはずが、物理的にも精神的にもどんどんと彼に近づいていくのを佳純も自覚していた。

自炊はほぼしないと聞いて、夕食にカレーを食べてもらったのは昨日のことだ。

『佳純の手料理、はじめてだ』

手料理というには簡単すぎるし、大輝に合わせたに子ども向けの甘いカレーなのに瞬は『うまい』と言って、それはそれはうれしそうに口に運んでいた。

(毎食外食かコンビニですましてるなんて聞いたら、心配でたまらなくなってしまった……もうこれ、ダメなやつだよね)

モソモソとブロッコリーを咀嚼していると、柚希は口の端を上げた。

「で、手は出されたわけ？」

「ゴフッ」

とんでもない言葉が飛び出し、むせそうになった佳純は慌ててマグカップのお茶を飲んだ。

「……ちょ、柚希？」

「まーそうか、大輝がいたらなかなかそういう雰囲気にはならないかー」

にんまりしながら勝手に納得する柚希に、弱々しく反論する。

「……そもそも手を出されるとか、そういう以前の問題なのよ」

手は出されていない。しかし、手を握られ頬を撫でられたあの夜から瞬は熱の籠った視線で佳純を見つめるようになった……気がする。

もともと女磨きをしてきたわけではないが、大輝が生まれてからは特に育児と仕事に振り回され、おしゃれやお肌の手入れなどに費やす時間などほとんどない。女性としての魅力は皆無な佳純だ。でも、まんまと胸をときめかせてしまうのだ。

もう、自分の気持ちはわかっている。でもそれに向き合ってはいけないと思っていた。

「どんなにあがいても、住む世界が違うのよ」

佳純はポツリと言葉を落とす。

今、結婚していなくたって、瞬は近い将来彼にふさわしい女性と結ばれるべきだ。

犯罪者を親族に持つ自分は彼の足かせにしかならない。その事実は四年前からなんら変わっていないのだから。

「別にあがいてもいいと思うけどね」

「えっ？」

柚希の声が突然真剣なトーンに変わり、佳純は目を瞬かせた。

「佳純は昔からなんでも難しく考えすぎなのよ。大事なのは当人同士の気持ちじゃない？　自分の気持ちに正直になって、みっともなくあがいたっていいんじゃないの」

「柚希……」

柚希は熱くなりすぎたと思ったのか、バツが悪そうな顔で肩をすくめた。

「ま、彼氏ナシの私が言っても説得力ないよね。あーあ、それにしても可哀想なわが弟。さっさと行動に移せばよかったのに。変なところで奥手なんだから」

「え、琉生君がどうかしたの？」

「なんでもなーい。とにかく佳純は自分が幸せになる道を選びなよ。きっとそれが大輝にとっての幸せにもつながると、ゆずせんせいは思うよ」

茶化すような口ぶりだがきっと彼女の本心だ。

「柚希、ありがとね」

真剣に自分を心配してくれる親友の気持ちがうれしくて素直にお礼を言うと、彼女は照れたように笑った。

それから二日後、佳純は朝から体のだるさを感じていた。念のため検温したが平熱だったので、いつも通り大輝を保育園に送り、そのまま出勤する。

山谷リフォームはここのところ大型のリフォーム案件が多く、お客様とやりとりする書類も増えていた。大輝がいるため長い残業ができない佳純はその分集中して処理し、ほかの従業員に迷惑をかけないよう心がけてきたのだが、少し疲労が溜《た》まっているのかもしれない。

今日は特に忙しかったので昼休みは取らず、家から持参したおにぎりを片手にパソコン作業をしていたのだが、だるさでいつものように進まない。

(私、頑丈だけが取り柄なのに、この先だんだん無理がきかなくなってくるのかな。いやダメだ。これからも大輝のために頑張らないと)

佳純は自分を叱咤しパソコンに向き直った。

進みは遅かったものの、今日の仕事はなんとか終えることができた。

「お先に失礼します」

デスクから立ち上がった佳純の顔を見て、向かいの席に座っていた悦子が眉間に皺《しわ》を寄せた。

「ちょっと、佳純ちゃん顔色悪くない？」

「え、顔に出てますか？　朝から少しだるかったからかも。でも、もう終わったから帰りますね」

佳純は自分の頬を押さえて苦笑した。

「そうだったの。気づいてあげられなくてごめんなさいね。歩いて帰れる？　少し待っててもらえれば外回りしてる琉生に車出させるけど」

「いえ、そこまで辛いわけじゃないので大丈夫です。こちらこそすみません」

心配してくれる悦子にお礼を言い、佳純は事務所をあとにした。

（ほんと、どうしちゃったんだろ。頭は痛いし少し寒気もするような……）

そこまで辛いわけじゃないなどと言ったものの、仕事の緊張から解かれたからか体調の悪さを重く自覚し始める。

風邪だといけないので、コートをしっかり着込みマスクをして保育園に向かう。

「ママ！」

「大輝、帰ろっか」

佳純を見つけて駆け寄ってきた大輝は手をつないだ途端、不思議そうな顔になった。

「おててあったかい」

手の温度を確認するように両手でギュッギュッと握ってくる。

「そ、そう？」

（もしかしたら、急に熱が上がってきたのかも。早く家に帰ったほうがいいな）

慌てて帰り支度をして家路を急ぐ。しかし体調は悪くなるばかりだった。一歩一歩がやけに重く徒歩十分の道のりがやけに遠く感じられる。

体調を崩したのなんていつぶりだろう。少なくとも大輝が生まれてからはないはずだ。

（熱なんて出している場合じゃないのに。家に帰ったら、大輝をお風呂に入れてご飯食べさせて一緒に寝ちゃおう。大丈夫、明日にはきっとよくなる）

靄《もや》がかかったような頭の中で、必死に帰宅したあとの段取りを考える。

（私が倒れでもしたら、この子が困るんだから……しっかりしなきゃ）

大輝の手を握り直したとき、遠くのほうで自分を呼ぶ声がした気がした。

「佳純！」

ゆっくり声をしたほうに首を動かすと、スーツ姿の長身の男性がこちらに駆け寄ってくるのが見えた。

「鮫島さん……？」

瞬だと認識した途端、佳純の体から力が抜ける。

「ふらついているようだが、大丈夫か？」

瞬は佳純を支えるように立った。

「ママ、おててあったかいの」

「あったかい？」

佳純の額に手を当てた瞬は目を見開いた。

「熱があるじゃないか！」

「やっぱり、ありますか……」

佳純は弱々しく答える。

「すぐに車に乗って。あそこまで歩けるか？」

瞬の促した先の路肩に、見覚えのある車がハザードを出して停まっていた。付き添われながら後部座席に乗り込むと、あのときのチャイルドシートが付いたままだった。

瞬は大輝を座らせベルトをしっかり固定したあと、佳純のシートベルトまで締めてくれた。

「病院に行くか？」

心配げに顔を覗き込まれ、佳純は首を横に振る。

「今日は家で寝ていようと思います。明日も悪いようなら行こうかと……」

「わかった。だったらそこのコンビニに寄らせてくれ」

瞬は車を発進させると、コンビニエンスストアに車を停める。降りたがる大輝に
「大輝君はママを見ていてあげてくれ」と言いきかせ、店内に入っていく。

もしかしたら、佳純のために飲み物を買ってくれているのかもしれない。

この車でチャイルドシートに座った大輝と並んでいると、再会した日を思い出す。

（あのときは大輝が熱を出して、今日は私。親子揃って迷惑かけちゃってるな……）

瞬はすぐに大きなレジ袋を提げて戻ってきた。空いている助手席に置くと、再びエンジンをかけた。

アパートの前で車を降りた佳純は重い頭を下げる。

「鮫島さん、ありがとうございました。今日はこれで……」

なぜ瞬がいつもより早く来ていたのかはわからないが、とても助けられた。だが、これ以上ヘロヘロな自分を見せたくないし、迷惑もかけたくない。

大輝を車から降ろしながら瞬は表情を曇らせた。

「そんな状態で、ひとりでなんとかしようとしてるのか？」

やるせなさが混じったような声色に佳純はひどく困惑する。

「鮫島さん？」

「辛いときくらい頼ってくれ。大輝君の世話は俺がする」

「そ、そんなこと」

させるわけにはいかないという言葉が出る前に、瞬はこちらに背中を向けてしゃがんだ。

「ほら、ふらついたら大変だ。部屋までおぶっていく」

「えっ、でも……」

「いいから早く」

有無を言わさない勢いだ。いつもの佳純だったら絶対に遠慮していただろう。しかし熱で判断能力が鈍っているのだろうか、引き寄せられるように彼の肩に手をかけた。

瞬は佳純を背負うと軽々と立ち上がり、大輝を伴ってアパートの入り口に進む。

「ママ、おんぶ？」

階段を上る大輝をうしろから見守りながら、瞬は優しく話しかけた。

「そう。ママはお熱で辛いんだ。お家《うち》に帰ったら静かに寝かせてあげよう。大輝君、どのドアから入ればいいか教えてくれるか？」

「おしえてあげる！」

大輝のはりきる声が聞こえる。広い背中に全身を預けながら、佳純は泣きたいほどの安心感を覚えていた。

玄関で降ろされた佳純はふらつきながら部屋に入り暖房を入れる。体温計で測ってみると三十八度。それは辛いはずだ。

「布団敷いたから横になって」

瞬に促され、素直に布団に入った。

そのあとも佳純は寝ているだけでよかった。大輝の世話はすべて瞬がてきぱきこなしてくれたからだ。

それだけではない。コンビニで買った飲み物をこまめに飲ませたり、冷却シートを貼り替えたりと佳純の面倒まで気を配ってくれた。

「寝られるなら、少しでも眠ったほうがいい」

「本当に……すみません」

申し訳ないと思いながらも緊張の糸が緩んだようだ。佳純はいつの間にか深い眠りに落ちていた。

次に目覚めたとき、部屋は薄暗く静かだった。壁の時計を見ると、もうすぐ午前六時になろうとしていた。だいぶ長い時間、昏々《こんこん》と眠り続けていたらしい。

まだだるさはあるが、熱っぽさは感じないし頭もすっきりした気がする。

横を見ると子ども用の布団で大輝が寝息を立てていて、反対側の畳の上には大きな体が佳純に寄り添うように横たわっていた。

(瞬さん、ずっとそばにいてくれたんだ。ブランケットかけてるけど寒くなかったかな……でもこうして見るとやっぱり大輝にそっくり)

力の抜けた顔も綺麗で整っているが、ちょっとかわいいなんて思ってしまうのは失礼だろうか。

瞬の寝顔を見るのは二回目だ。彼の腕の中で目覚めたはじめての夜以来。

あのときは立場や境遇や引け目、余計なことを考えずにただ純粋に彼を求め、好きでいられた。

(余計なこと、か……)

すると瞬が身じろぎし、ゆっくり目を開けた。佳純は慌てて目を逸らす。

「……佳純、起きたのか」

「は、はい」

彼は身を起こすと体の強張りを解《ほぐ》すように両腕を伸ばした。

「畳の上で辛かったですよね。体痛くないですか？」

大輝を起こさないよう気をつけながら小声で言うと、瞬も同じトーンで答えた。

「大丈夫。それより体調は？」

「おかげさまで、だいぶ楽になりました」

瞬は佳純の額に掌を乗せ「熱もなさそうだな」と安心した顔になる。

「ちょっと待ってて」

立ち上がりキッチンに向かうとスポーツドリンクの入ったコップを持って戻ってきた。

「油断せず水分はきちんと取って、今日はもちろん仕事は休んでくれ。体、起こせるか？」

「はい」

佳純は上半身を起こしてコップを受け取り、少しずつ喉に流していった。

「昨日は本当に助かりました。いつもより来る時間が早かったんですね」

「予定されていた会議がなくなって、行ってもいいかとメッセージ入れていたんだが」

「え、そうだったんですか、ごめんなさい。忙しいのと体調が悪いのとでちゃんと見ていなかったかも」

「いや、了承ももらわないで押しかけたのは俺だから。結果的にはよかったが」

瞬は佳純の布団の傍らに胡坐《あぐら》をかいて座った。

「大輝君、ずっと機嫌よかったけど、寝る前になって『ママとお話したい』ってグズグズし始めてなだめるのが大変だったよ」

大輝にとっても母親が寝込むのははじめての経験だから、不安になったのだろう。

「ご面倒おかけしてすみませんでした……でも鮫島さん、小さい子のお世話慣れてるんですね」

話の流れで前から疑問だったことを聞いてみる。

「兄夫婦のところに姪っ子がいるんだ。小さい頃懐かれていて、よく面倒見ていたから」

「姪っ子さんですか。かわいいでしょうね」

「もう十歳になったはずだ。こっちに帰ってきてからまだ会えてないな」

目を細める瞬を前に佳純も自然と表情が緩む。

（瞬さんと緊張しないで普通のお話するの、いつぶりだろう）

衝撃の再会から約二カ月、佳純は瞬に接するときは常に気を張っていた。彼の存在は自分たちにとって受け入れがたいものだと思っていたから。いや、そう思いたかったのだ。

『自分の気持ちに正直になって、みっともなくあがいたっていいんじゃないの』

柚希の言葉が脳裏に浮かぶ。

(でも、私は四年前、あがくのが怖くて逃げた……今さら正直になってもいいの？)

「まだだるいだろう。横になって」

いつの間にか空になっていたコップを佳純の手から受け取り、瞬は優しい声で促す。

布団に戻ると掛布団を丁寧に整えてくれた。

「鮫島さん、今日もお仕事ですよね」

「もう少ししたら行くよ。自宅で着替えて出勤する。なにかあったらすぐに連絡してくれ。スペアの鍵があったら借りていいかな。かけて出るから気にせずこのまま眠っていて。今夜も早めに様子を見に来るから」

「……なにからなにまで、すみません」

恐縮して布団の中で縮こまる。すると瞬の指先が佳純の頭に触れ、髪を整えるように動いた。

「君は遠慮しすぎなんだ。ひとりで頑張ろうとしないでもっと頼ってくれ」

「鮫島さん……」

頭を撫でられるとその心地よさに抗えなくなり、徐々に瞼が重くなっていく。眠気に身を任せたとき、こぼれたのは紛れもない本音だった。

「ありがとうございます……瞬さんが、いてくれてよかった……」

一瞬彼の手が止まり、また労わるように動き出す。

「……おやすみ、佳純……してる」

意識を手放す直前、額に冷たくて柔らかいものが触れた気がした。

君を守りたい

「おやすみ、佳純……愛してる」

佳純の額に唇を触れさせたら、思わず気持ちが口をついて出ていた。

(久しぶりに佳純が名前で呼んでくれたから、つい浮かれてしまったな)

佳純は穏やかな表情で寝息を立てている。安心すると同時に昨日の辛そうな表情を思い出して胸が痛くなる。

(君は前からひとりで我慢して頑張りすぎるところがあるから、心配でしょうがない)

佳純の傍らに座りながら、瞬は彼女との出会いに思いを馳せた。


瞬は毎月十日に元上司、田端康利《たばたやすとし》の月命日に墓参りをしていた。

警察庁に入庁し一通りの研修や訓練、現場経験を終えたあと、より経験を積みたいと希望し警視庁本部ではじめて配属されたのが、凶悪事件や難事件を担当する警視庁捜査一課だった。

当時五十代前半の田端は課長補佐をしており、階級は警視。キャリア組に比べて階級が上がりにくいとされるノンキャリアの中で異例の出世を果たしていたのは、その優秀さからだった。

〝警察官は人に寄り添う仕事〟

それが口癖だった田端は警察官としての努力を厭《いと》わなかった。瞬が将来の幹部候補であろうと遠慮も容赦もなかった。逆にそれがありがたく、瞬は田端にどんなにしごかれても、すべてこなし食らいついた。捜査会議で激しく言い合いになることも珍しくなく、田端につけられたあだ名が『人食い鮫』だ。

一方、田端は仕事を離れると家族を愛する普通の父親で、気さくで話しやすかった。よく自宅に招いてくれ、夫人の作った夕食をごちそうになった。

お互い部署が変わっても親交は続き、田端への親愛と尊敬の念は変わっていなかった。

しかし、彼は定年間近に病に倒れ、そのまま亡くなってしまった。

上司部下、階級も関係なくたくさんの人に尊敬され、慕われた警察官だった。

（見舞いに行くと『俺の顔を見る暇があるなら仕事をしろ』といつも追い出されてたから、こうして毎月来ているなんて怒られてしまうかもしれないな）

それでも、月に一度の墓参りは警察官としての初心を思い出させてくれる、大事な時間だった。

はじめて佳純を見たのは、霊園に向かう道すがらたまたま寄ったフラワーショップ、フローリスト　・デ・パールだった。

「いらっしゃいませ！」

柔らかい笑顔で接客し、華奢な体でキビキビと動き回る姿にやけに目が惹きつけられた。

思えば一目惚れだったのかもしれない。しかし当時は自覚できないまま、彼女の勤める店に毎月通うようになっていた。

それから数カ月後の十日、連日働き詰めだった瞬はかなり疲れていた。ようやく休みが取れたので仮眠室で睡眠を取ったあと、墓参りに行くことにした。

担当していたのは若い女性が被害に遭うやるせない事件。体というより精神がすり減っていた。

（絶え間なく起きる犯罪にいちいち心を痛めていたら、警察官として情けないですかね、田端さん）

そんなことを考えながらハンドルを握り、立ち寄ったのがいつものフラワーショップだった。

佳純は「いらっしゃいませ」と笑顔で瞬を出迎え、それ以上話しかけてはこなかった。毎月、店内に用意されている仏花を買っていくのを覚えているのだろう。

それまでは会計でのやりとりくらいしかしたことがなかったのに、このとき瞬は無性に佳純に声をかけたくなった。

「花を見繕ってもらえませんか」

佳純はこちらの話に真剣に耳を傾けてくれた。

「お供えに向かないものもありますが、基本的にはご自分が好きだなとか、その方が喜んでくれると思うお花を感覚で選んでいただいてもいいと思いますよ」

好きな花を感覚で、と言われ、目にとまったのがスイートピーだった。優しいピンク色をしたその花は目の前の彼女のイメージに合う気がして。

「お客様の優しいお気持ち、きっとその方に伝わりますね」

彼女そのもののような温かみのある色でまとめられた花束。こちらに差し出し笑ってくれた瞬間、萎れかけていた心に新鮮な水を与えられたような気持ちになった。この女性に惹かれているとはっきり自覚した。

その後瞬は毎月佳純に声をかけ続けたが、すぐに客と店員の関係に飽き足らなくなった。彼女が男たちに絡まれていたのは自分の連絡先を渡そうと決めた日のことだった。躊躇なく助け連絡先を渡し、もらった電話でデートの約束を取りつけ、そのデートで交際を申し込む。

仕事の邪魔になるという理由で女性との交際に慎重だった瞬が、ここまで積極的に動くのははじめてだった。

職業柄、数多《あまた》の人間と駆け引きをしてきた。取り調べの腕も評価されていたし、相手の心理状況を把握する術も会得してきたつもりだ。

でも、そんなキャリアは佳純を前にしたらなんの役にも立たなかった。ただ真っすぐに想いを伝えることしかできなかった。

「はじめてあの店で君を見かけてからずっと気になっていた。接客してもらうようになってからはますます惹かれていった。月に一度短い言葉を交わすだけじゃ我慢できないくらいに」

黄色に輝くコスモスの丘で頬を染め、遠慮がちに自分の手を取ってくれた佳純のかわいらしい表情は、今でも脳裏に焼きついている。

頑張り屋で謙虚。両親や祖母を亡くしても笑顔をなくさず、前を向き懸命に日々を生きている。その健気な性格を知ると愛しさが増し手放せなくなった。

佳純と付き合い始めて少しした頃、インターポールへの派遣候補者に自分の名前が挙がっているのを知った。佳純に黙っていたのは、未確定な人事情報を部外者に話すわけにはいかなかったからだ。

警察官として、国際的な知見を得られるまたとないチャンスだ。もし自分が選ばれたら佳純にプロポーズし妻として連れていく。そう決めた矢先、彼女の仕事への深い思いを知った。

「父が生前よく言ってたんです。『花を見て機嫌が悪くなる人はいない。一輪あるだけで人の心を和ませられる』って。私、そんな花が大好きで、少しでも多くの人に花で笑顔になってほしくて。これからもお店でいっぱい勉強して店長みたいに素敵なアレンジもできるようになりたいんです」

夕食に誘ったホテルのレストランで目をキラキラさせて話す彼女が愛しかった。しかし自分と結婚したら生きがいにしている今の仕事を辞めなければならなくなる。そう思うと瞬の胸はチクリと痛んだ。

(すまない。だが、俺はもう君を手放せないんだ)

どこか切羽詰まった気持ちでホテルの部屋に誘った。緊張する彼女を気遣うつもりだったのに、抱きしめたら余裕などなくなった。それでも佳純は健気に受け入れてくれた。

彼女を腕に抱きながら目覚めた朝はこの上なく穏やかだった。バルコニーでふたり並んで皇居外苑の緑を見ながら、きっとこの幸せは続くと信じていた。

しかし、そのあと瞬は仕事に忙殺された。ふたりで過ごすつもりだったクリスマスイブも追っていた事件が動き、直前でキャンセル。年末はインターポール派遣候補者として急遽《きゅうきょ》渡仏しなければならなくなった。

赴任が正式に決まったのは、フランス滞在中だった。一度帰国し、仕事の引き継ぎをすませすぐに再び渡仏する、想定していたよりもかなりタイトなスケジュールだった。

佳純に会いたい。声を聞きたかった。懸命に職務にあたる日々の中でも恋人を忘れたことはなかった。帰国したら付いてきてほしいとプロポーズするつもりでいた。

(佳純と何年も離れるなんて、絶対に耐えられない)

瞬は時間を捻出し何度か電話をかけていた。しかし、あるときから佳純は電話を取らず、メッセージで返してくるようになった。瞬はお互い忙しいからという彼女の言葉を鵜呑《うの》みにしていた。その裏で彼女がなにを思っていたかなんて、想像していなかったのだ。

そして、かかってきた電話。愛しい人の声で紡がれたのは、信じられない言葉だった。

《――私たち、お別れしましょう》

ほかに男ができたというのも引っ越す話も、明らかにその場しのぎの嘘だと直感した。

指摘しても会って話がしたいと訴えても、彼女はかたくなだった。

《短い間でしたけど、ありがとうございました――さようなら》

一方的に電話を切られ、その後まったくつながらなくなった。

必死で仕事を終わらせて帰国した瞬は、その足で向かった佳純のアパートで愕然《がくぜん》とした。完全に引っ越したあとだったのだ。勤務先を訪ねて事情を話したが、すでに辞めていて、行き先はわからないという。

「佳純ちゃん、困ったことがあったわけじゃないって言っていたから事情を深くは聞かなかったんだけど、まさか鮫島さんとお別れしてほかの人となんて……」

佳純を娘のようにかわいがっていた店長は、複雑な表情をしていた。

彼女の叔父の勤め先は聞いていたのですぐに連絡を取ったが、ただ知らないと言うだけでなにもわからなかった。

警察官という仕事柄、予定が突然キャンセルになったり、今回のように長期間会えなくなることもある。でも彼女は恨み言も言わず『お仕事頑張ってくださいね』と、どんなときも優しく励ましてくれた。でも違ったのかもしれない。

『私、いつも一緒にいてくれる人がいいって気づいたんです。急に会えなくなったり、長い間会えないと寂しいから』

（あれが、佳純の本音だったのか。それなのに俺はただ彼女の優しさに甘えて……結果愛想をつかされたというわけか）

自分の傲慢さに呆《あき》れた。会えなくても離れていても彼女は当然自分を愛してくれているし、待っていてくれると思っていたのだ。

業務の合間を縫って佳純を捜したが、一度も連絡が取れないまま瞬は再びフランスに発つ。日本人としては極めてめずらしいインターポールの管理職として現場を指揮し、業務に忙殺される日々が続く。

激務の中でも佳純のふわりとした笑顔はいつも心の中にあった。はじめて心から愛した女性を、そう簡単に忘れられるわけがなかった。

彼女のイメージと、最後に話した電話のギャップがどうしても埋められない。あの電話を思い出すたびに胸が痛んだ。

男ができたというのは嘘だ。佳純はそんなことができる性格ではない。

だったらなぜそんな嘘をついたうえ、引っ越しまでする必要があったのか。あんなに好きだったフラワーショップの仕事を手放してまで。

気になったのは瞬がフランスに行くと確信していた口ぶりだ。

（まさか、内部の誰かが彼女に伝えたのか？　でもなんのために）

時間が過ぎるほど佳純の言葉への違和感が大きくなっていく。そしてその感覚は希望でもあった。

なんとか佳純と話をしたい。なにがなんでも見つけ出す。そう決心した。

瞬は忙しい合間を縫い、何度か一時帰国し佳純を捜したが、短い時間では見つからなかった。

行方不明人として捜査できたらいいのになどと、警察官としてあるまじきことまで頭をよぎった。別れた恋人を捜すために警察の情報を使うなんて、できるわけがない。

結局フランスにいた約三年半、佳純を見つけることはできなかった。任期を終えた瞬は帰国。今度こそ佳純を見つけ出すつもりでいた。

東京の多摩《たま》地区で隠居生活をしている祖父に帰国の挨拶に行った帰り道、車を運転しながらふと思い出した。

（前に佳純は家族がこの辺りの霊園に眠っていると話していたな。お母さんが寂しくないように一年中花が咲く公園のような場所を選んだって言っていた。名前はたしか——)

記憶力がいいと人からよく言われるが、佳純のことは特に細かいことまで覚えている。

調べてみるとやはり今いる場所から近かったので、瞬はそちらの方向に車を向けた。佳純の家族の眠る場所で挨拶し、彼女に会わせてほしいと願うつもりだった。

園内に点在するのは昔ながらの墓石ではなく、地面に埋め込まれた小さなものだった。

この中から岡本家のものを見つけるのは難しいかもしれないと思いながら歩き始めてすぐ、目を引かれたものがあった。スイートピーとカスミソウが供えられた墓石、そこには佳純の両親と祖母と思われる名前が刻まれていた。花は新鮮で供えられたばかり——気づいた途端、心臓がドクリと跳ねた。

(もしかしたら——)

瞬は慌てて周囲を見渡したが人影はない。それでも一縷《いちる》の希望に縋り、早足で園内を捜し回る。

そこで見つけたのがコスモスの花の前に立つ佳純の姿。運命だなんて思うのは、自分らしくないだろうか。

これが夢でないよう願いながら駆け寄った。少し痩せたようだが四年経ってもかわいらしいままの佳純。抱きしめたい気持ちを必死に抑えて近づく。瞬に気づくと案の定驚きに固まっていた。

しかし次の瞬間、彼女の足元にしがみついた小さな存在に今度は自分が言葉を失うことになった。


(大輝をはじめて見たときは、三十三年生きてきて一番驚いたな)

いつの間にかカーテンの隙間から入る朝の光が明るくなっていた。

奥側の子ども用布団には大輝がスヤスヤと寝ている。

(こうやって並んでいると大輝の寝顔は佳純に似ているな。ふたりともかわいい)

穏やかに寝息を立てる佳純の髪を名残惜しく撫でてから、瞬は音を立てないように腰を上げた。

ずっとここにいたかったが、あいにく今日も出勤しなければならない。瞬は身支度をして玄関に足を向ける。ダイニングに飾られたダリアはまだ新鮮さを保っていた。

(とりあえず佳純の熱は下がっているようだが心配だ。今日もなるべく仕事を早く終

えてここに戻ってこよう）

アパートのすぐ近くにある駐車場に向かいながら、瞬は今日の業務の算段を考える。瞬にとって戻る場所はひとりで暮らす自宅のマンションではなく、愛する人のいる場所だ。

すると前方に見覚えのある大きな体が見えた。こちらに気づくとジャージ姿の彼は白い息を吐きながらこちらに駆け寄ってきた。

「……おはよっす」

「おはよう。君は、琉生君だったか。ランニングか？」

「体力がねぇと仕事で使いもんにならないんで」

佳純と同じ会社に勤めている幼なじみ。そう聞いていた。しかしこの男が佳純に想いを寄せているのははじめて顔を見たときから気づいていた。警察官の直感などではなく同じ女を愛する男の勘だ。

「佳純、昨日体調悪かったんだろう？　大丈夫だったか？」

心配げな口調の琉生に瞬は状況を伝える。

「昨日は熱が高かったが今は落ち着いている。でも今日は仕事を休むように言ってある」

「そうか、わかった。お袋にもそう伝えとく」

琉生はうなずき、少し躊躇したあと口を開いた。

「――あんた、大輝の父親なんだろ」

「ああ、そうだ」

瞬は即答した。

大輝は瞬の子だ。身に覚えがあるし、なにより大輝は客観的に見て顔立ちが非常に自分に似ている。それに、たとえ血がつながっていなくても大切な存在であることは間違いない。

「だよな。はじめてあんたの顔を見てすぐわかったよ。大輝とそっくりだもんな」

琉生は苦笑したあと突然声を低くした。

「……佳純はさ、ずっとひとりで大輝を育ててきたんだ。大きな腹で事務所に通って仕事覚えて、ふにゃふにゃの大輝毎日送り迎えして……疲れてるだろうに弱音もはかねぇし。俺たちもできることは手を貸そうとしていたけど、あいつ『ただでさえ迷惑かけてるのに』っていつもすごく遠慮してさ」

「……そうか」

佳純は大輝を育てるために懸命に生きてきたのだろう。この四年間の苦労を思うと、彼女のそばにいられなかった自分を殴りたくなる。

「それなのに、あんた、今までなにしてたんだよ」

琉生は瞬をグッと睨みつける。一瞬でも気を抜けば掴みかかられそうな、剣呑《けんのん》な気迫を感じた。瞬は琉生から視線を外さないまま静かに口を開いた。

「事情があって今まで離れ離れになってしまっていた。全部俺の責任だ。でも、これからは佳純を絶対に離さない。命に代えても佳純と大輝を守る」

迷いのない瞬の言葉に琉生は目を見開いたが、しばらくするとふっと緊張を解いた。

「だったら、いい。……佳純は俺の初恋でさ、俺が一番近くで支えてやればって思ってたんだ。だからはじめてあんたに会ったとき、佳純のストーカーかと思ってカッとなっちまった。悪かったな」

琉生は素直で隠し事のできない性格のようだ。

「いや、気にしていないよ」

答えながら、瞬は自嘲の笑みを浮かべる。

（ストーカーか。ある意味近いのかもしれないな）

奇跡的に佳純に再会し、子どもを育てていると知った瞬は、諦めないと宣言し、かなり強引に彼女のテリトリーに割り入った。佳純の優しい性格を利用しつけ込んだのだ。

でも、手段など選んでいる場合ではなかった。

勘違いでなければ今佳純の自分への警戒はかなり解かれている。四年前に話したかったことも、ずっと感じてきた違和感も解消して新しい段階に進みたい。

（昨日はタイミングがよかっただけだ。今の関係のままでは佳純になにかあってもすぐに助けられない）

すると琉生は思い出したように口を開いた。

「実はさ、俺昨日見たんだ。あんた具合悪そうな佳純に声をかけただろう？　あのとき俺も近くにいて手を貸そうと思ったんだ。でも、あんたの顔見た途端佳純、すげぇ安心したような顔になってさ。あー歯が立たねぇなって。俺よりちょっとだけいい男だしな？」

琉生はからりと笑ったが、よく見ると瞳には切なげな色が浮かんで見えた。

「……今までふたりを気にかけてくれてありがとう。近々君のご家族にもお礼に伺わせてもらうよ」

瞬が心からの感謝を伝えると琉生はゆっくりうなずいた。

「俺が言うのもおかしいかもしんねぇけど、あいつら幸せにしてやってくれ」

瞬は一度自宅マンションに寄りシャワーや簡単な朝食をすませる。タブレット端末でニュースをチェックし、再び車で霞が関の本部庁舎へ出勤した。

「鮫島警視正、おはようございます」

「ああ、おはよう」

庁内では朝早くから多くの職員が活発に業務にあたっている。すれ違う彼らの挨拶に応えながら廊下を進み執務室のドアを開け席に着いた瞬は、パソコンで捜査の進捗報告や承認書類のチェックを素早くすませた。

ドアがノックされたのは朝一番の捜査会議に向かうため席を立とうとしたタイミングだった。

「どうぞ」

「失礼します」

入室してきた女性を見て瞬は心の中で溜息をつく。

「朝からどうかしたか、斉藤主任」

中に入ってきたのは斉藤芹那。四年前瞬が捜査支援分析センターを担当していたときの部下で、たしか現在三十一歳だったと思う。父親が警視庁副総監、母親は旧財閥系出身という派手な家系。本人も頭脳明晰《めいせき》な才女として庁内で有名だ。

「おはようございます。分析の手法についてご相談したくて伺いました」

はきはきとした芹那の様子に、瞬は眉をひそめた。

「何度も言っているが、もう俺は君の上司ではない」

「今は参事官として全体を取り仕切ってくださっていますから、広い意味では上司ですよね」

笑みを浮かべる芹那。自己中心的な考えは前から変わっていない。

瞬は芹那の上司になったときから、想いを寄せられていた。

業務の相談に乗っているうちに、個人的に誘われるようになった。彼女に対して部下以上の感情がなかった瞬は、誤解を与えないように断り続けてきた。

すると芹那は、父親の存在をちらつかせるようになった。

当時警視監だった芹那の父は瞬を見込んでくれていた。インターポール派遣候補者に推薦してくれたのも彼だ。

実際『娘との結婚、考えてみないか？』と打診されたこともある。

『私と結婚すれば、父の後押しでインターポール行きが確実になるし、さらにステップアップできるはずです』

芹那はそう言って結婚を迫ってきたが、瞬ははっきり断った。

『申し訳ないが、俺には交際している女性がいる。彼女との結婚以外考えられない』

上司の娘との結婚を断ったくらいで派遣がなくなったり、庁内での立場が悪くなるのなら、それは自分の力不足ということだろう。

瞬の考えは正しかったようだ。斉藤警視監は冷静に判断したらしく、インターポール派遣が正式に決まった。

それでも『娘を補佐官として連れていかないか』と相談されたのは、芹那にねだられたからだろう。もちろん断った。理由は簡単、彼女のサポートは必要ないからだ。自分のことは自分でできるし、芹那を連れていくメリットはまったくなかった。むしろ彼女の能力は現職で生かしてもらいたかった。

「俺では的確なアドバイスはできない。直属の上司に相談してくれないか」

日本に帰ってきてからも芹那はこうして無理やり理由を作っては瞬にコンタクトを取ってくる。まだ自分のことを諦めていないのかと思うと頭が痛い。

(交際している女性がいると言ったのに、未婚者のままでいるのがまずいのかもしれないな)

芹那は「わかりました」と素直に頭を下げると微笑んで違う話題を口にした。

「来週末、我が家で会食でもどうかと父が申しておりまして、いらっしゃいませんか」

なるほど、これを言いに来たのかと納得する。

「あいにく恋人と出かける用事があって、都合がつかない」

「えっ……」

余裕の笑みから一変、表情を失っている芹那に追い打ちをかけた。

「いろいろあったが、フランス行きの前から付き合っていた女性とやっと結婚できることになってね。近々斉藤副総監にも報告に上がるから、そうお伝えしておいてくれ」

芹那は絶句したまま動かない。

「捜査会議が始まるから」

瞬は立ち上がりながら、芹那を執務室から追い出した。


朝一番で始まる捜査会議、参事官の立場にある瞬は会議室で前方のモニターを背に捜査員の報告を聞いていた。

高齢者を狙った強盗事件が連続で発生。実行役は逮捕されたものの指示役の存在が浮上。十日前から捜査本部が設置されていた。

凶悪事件を扱う刑事部一課に、主犯がこれまでも詐欺リストを使って特殊詐欺の元締めをしていた可能性が高いことがわかったため、知能犯を扱う二課も加わっている。

しばらくすると、捜査方針を巡って捜査員が言い争いを始めた。

犯人確保を強行したい一課と慎重な二課で対立しているのだ。

「そんな不確定な状況で踏み込んだら台無しになる。一網打尽にするにはもっと裏を取ってから確実に行くべきだ」

「そんな悠長なことしていたら、新たな被害者が出るだろう！」

「取りこぼしたら結果的に被害者が増えるのがわからないのか。一課は強引すぎるんだ」

「お前たちが、ぐずぐずしすぎなんだよ。この前だって……」

瞬は腕を組みながら彼らのやりとりをしばらく静観してから、声を上げた。

「個人の感情で判断するな」

怒鳴り合う声がピタリとやむ。その場の視線が一斉にこちらに集まった。

「警察官は人に寄り添う仕事だという、あたり前のことを忘れるな。ここでは所属の課は関係ない。なんのための捜査かもう一度考えてほしい。優秀な捜査員のあなた方なら、それぞれの強みを出し合い確実に結果を出せるはずだ」

しんと静まり返った会議室で瞬はモニターに目を向けた。

「もう一度現状の確認から整理し直しましょう。今回の事件は詐欺リストの存在が――」

　瞬が進行を始めると、会議室の雰囲気が変わった気がした。

「悪かったねぇ、ウチの課員が熱くなっちゃって」

　捜査会議を終え会議室をあとにすると、うしろから追いかけてきた男に声をかけられる。

　瞬はチラリと視線をやったが、止まらず足を進める。

「でもあれだけで一気に場の雰囲気を引きしめちゃうなんて、さすがだなぁ」

「忙しいんじゃないのか、波多野《はたの》」

「まぁそう言わずに、たまには同期と情報交換したくてね」

　彼は波多野尚史《なおふみ》。瞬と同じくキャリア組の警視正で現在捜査二課の課長を務めている。背は瞬より少し低いが、体つきはガッチリしており柔道では黒帯の持ち主だ。

　同期のふたりは入庁当時からの付き合いで、切磋琢磨《せっさたくま》し苦労も共にしてきた。様々な思惑が入り組む庁内で気を遣わないでいられる貴重な存在だ。

　波多野は瞬と一緒にエレベーターに乗り込んだ。

「いや、曲者揃《くせものぞろ》いの二課をまとめるのは大変なわけよ」

誰もいないエレベーターの中で波多野はぼやくが、その本人が一番曲者なのではと瞬は思っている。表情も言動も明るく人あたりはいいが、観察眼は鋭く油断できない。

「ところで鮫島、ここ最近生き生きしてる気がするんだけど、なんかいいことでもあったのか？」

早速その観察眼が仕事をしたようだが、無視してエレベーターを降りる。

波多野は当然のように執務室までついてくると、勝手にサーバーからコーヒーを注ぎソファに座った。

（少しだけ付き合うか）

瞬もコーヒーを片手に向かい側に腰を降ろす。

「そういえば、お前のところの甥《おい》っ子は何歳になった？」

瞬が日本を発つ少し前に波多野の妹夫婦のところに男の子が生まれ、『かわいいだろう』と、散々写真を見せられたのを思い出す。

「ああ、今三歳でもう少しで四歳だ。たまに相手をすると、元気すぎて大変だよ」

そう言いつつも、波多野はかわいくて仕方がないような顔をする。

それなら詳しそうだと思い、聞いてみることにする。

「波多野、三歳くらいの子どもが喜ぶような場所を知らないか？　疲れさせたくないからあまり遠くないほうがいいんだが」

「なんで？　お前んとこの姪っ子ちゃん、たしか今小学生だよな」

意外な質問だったのか、波多野は首をかしげる。

「息子を連れていこうと思って」

「へぇ、息子くんか……は？」

さすがの捜査二課長も衝撃だったようで、言葉を失い限界まで目を見開いている。

「コーヒー、こぼれるぞ」

揺れる波多野の手元を見ながら、瞬はカップを口に運んだ。

別に隠すつもりもないし、早く佳純と大輝の存在を公表したいと思っているくらいだから、この同期に相談するのになんの躊躇もなかった。

「ちょっと待て、お前いつの間に結婚したんだ？」

「結婚はこれからだ」

まだプロポーズもしていないが、と心の中で付け加える。それも早々にしたいと思っているが。

「あーもう、ちゃんと説明してくれよ」

波多野が頭を抱えたので、瞬は今にいたる経緯を簡単に説明した。

「はー、なるほど。昔別れた彼女がねぇ」

瞬の話を一通り聞いた波多野は、長い溜息をついた。

「でも、斉藤副総監のお嬢さんはどうすんだよ」

「どうするもなにも、そもそも俺には関係ない」

「でも、かなり前から鮫島にご執心だって庁内で有名じゃないか。俺、鮫島は帰国したら彼女と結婚すると思ってた。副総監は立派な人だが奥方と娘には甘いんだよなぁ。お前に不利にならないといいけど」

「公私混同した時点で立派ではないな」

「うわ、辛辣《しんらつ》」と波多野はわざとらしく肩をすくめた。

「だったら、いい場所を知ってる。お前の子だったら絶対喜びそうだ」

その施設名を聞いて、瞬はなるほどとうなずく。たしかにあそこなら大輝も気に入りそうだ。

「珍しくお前から職務以外で有益な情報を得たよ。ありがとう」

「代わりと言ってはなんだが、俺の相談も聞いてくれるか？」

波多野が身を乗り出す。ここに来たのはその話をするためだったようだ。

「来年早々、田端さんを偲《しの》ぶ会をやるって話、鮫島も知ってるよな」

「ああ、たしかお前が幹事だったな」

波多野も瞬同様、田端に鍛えられて成長した警察官だ。彼が亡くなって五年が過ぎ、瞬の帰国をきっかけに田端と縁のあるメンバーで集まろうという話をしていたのだ。

「最初はごく内輪の会にしようと思ってたんだ。あの人大袈裟《おおげさ》なの嫌がる人だったから。でも、どこからか総監が聞きつけてきて『私も出席したい』なんて言い出してさ……」

若い頃、田端と切磋琢磨したという警視総監を始めほかの幹部も出席を希望しだし、あれよあれよという間に大規模な会になってしまったらしい。

「田端さんは階級関係なくいろんな人に好かれていたからな。その気持ちもわかる。しかし、お偉いさんが揃うとなると準備するほうは大変だな」

波多野は「そうなんだよ」とげんなりと脱力している。

「だから準備に手を貸してほしいんだ。お前高級ホテルとか詳しいだろう？　頼むよ」

「手を貸すのは構わないが……俺もそこまで詳しいわけではないぞ」

そのとき、瞬の脳裏にある考えが浮かんだ。

「波多野、場合によってはその会の形式に口を出しても構わないか？」

もう一度手を取って

「大輝、行ってくるね」

「ばいばーい」

登園し一緒に朝の支度をすませると、大輝はお友達のほうへ駆けていく。二歳になってすぐの頃は佳純の足元に縋りついて『ママ、やー！』と大泣きするものだから、毎朝大変だった。今では離れるのを嫌がるどころかさっさと遊びに行ってしまう。助かっているが、ほんの少しだけ寂しかったりする。

佳純は担任の先生に挨拶をしてから保育園を出て、職場に向かう。

熱を出してから約一週間、佳純はすっかり元気になっていた。

（あのあとも、瞬さんにずいぶんお世話になってしまったな……）

佳純が回復するまで、瞬は忙しい時間を縫ってアパートを訪れ、家事や大輝の面倒を見てくれた。

なにより、佳純は瞬がそばにいてくれると心から安心でき、回復も早まった気がする。

そして今週末は瞬に三人ででかけないかと誘われていた。

『大輝君が楽しめそうな場所があるんだ』

楽しそうな瞬の様子に押されて約束をしてしまったが、はたしていいのだろうか。

(私、最近、瞬さんに頼りすぎてる)

瞬から離れなければいけないとわかっているくせに、彼に差し出された手を拒めないでいる。そんなずるい自分が嫌だった。

(今の関係をズルズル続けるのは、瞬さんにも、大輝にとってもよくない)

深く考え込みながら歩いていたら、いつの間にか職場のすぐ近くまで来ていた。重い溜息をついて視線を横にやると、路肩に高級車が停まっている。そこから降りてきた人物を見て佳純は息をのんだ。

「斉藤さん……」

芹那は、こちらにまっすぐ近づいてきた。上品なスーツを着こなし、相変わらず美しいが、四年前より顔立ちがきつくなったように見える。

芹那は言葉を失ったままの佳純の前に立ち、侮蔑の表情を浮かべた。

「相変わらず、さえないわね」

目を丸くする佳純に構わず、芹那は冷たい言葉を投げる。

「本当に、ずうずうしいのね。彼とは二度と会わないって言ったくせに」

どうやら芹那は瞬が佳純と会っているのを知り、ここまで来たようだ。なぜ佳純がここにいるのがわかったのか、疑問が先立ち佳純は思わず口を開いた。

「斉藤さん……なんで」

芹那はすぐに佳純がなにを言いたいのか理解したようだ。

「もう一度わかってもらう必要があると思って、調べさせてもらったの。いい加減、鮫島警視正にまとわりつくの、やめてもらえないかしら」

（わざわざ、居場所を調べてまで……？）

そこまでして佳純を瞬から引き離そうとしている芹那。その執念のようなものにゾッとする。でも、一方で佳純の中にわずかな反抗心のような感情が生まれた。四年前にはなかった感覚だ。

（たしかに二度と会わないって言ったけど、斉藤さんに約束する必要なんてなかったのかもしれない）

「……斉藤さん、とっくに鮫島さんと結婚していると思っていたけれど、違ったんですね」

「な……っ」

思わず口をついた言葉が攻撃になったのか、あからさまに芹那の表情が歪んだ。

「ずうずうしいだけじゃなくて、ずいぶん口も悪くなったのね」

ものすごくきつい顔で睨みつけられるが、少しだけすっきりした気がした。

しばらく押し黙っていた芹那は突然口の端を上げて、「そういえば」と呟く。

「私、あなたの叔父さんのことも、知ってるのよ」

「……え」

含みを持たせた言い方に、佳純の心臓が嫌な音を立てた。

「なにが言いたいか、わかるわよね」

芹那はすっかり余裕の表情を取り戻している。

（斉藤さんは、叔父さんが横領したって知っているんだ）

彼女は、犯罪者の親族が瞬のそばにいてはいけないと忠告したいのだ。

「あの、私……」

なにか言おうと口を開いたものの、続かなくなってしまう。

すると芹那は佳純の顔を覗き込み、低い声を出した。

「あなたは鮫島警視正のそばにいるべき人間じゃない。身の程をわきまえないと、今に痛い目を見るわよ」

立ちすくむ佳純に吐き捨て、芹那は車に戻っていった。

「パトカー！」

「ちょ、ちょっと待って大輝！」

つないだ手を振りほどき、駆け出す大輝を佳純は慌てて追いかける。

土曜の午後、佳純は予定通り大輝を連れ、瞬と東京の京橋《きょうばし》にある博物館を訪れていた。

ここは警視庁が運営する施設で、昔から現代まで、警察に関わる様々な情報や資料が展示されている。

エントランスにはパトカー、ホールには白バイやヘリコプターなどの警察車両の展示があり、それらを見つけた途端大輝は大興奮だ。

「すごい、子ども用の制服の貸し出しサービスまであるんですね」

受付の近くにかわいらしいサイズの制服が並んでいて、試着できると案内されていた。

「大輝君、あれ着てパトカーの前で写真撮るか」

瞬に声をかけられた大輝は、「うん！」と元気よく返事をした。

受付に申し出て一番小さなサイズを貸してもらう。

「か、かわいすぎる……！」

紺色の制服に袖を通し、帽子をかぶった小さなお巡りさんを前に佳純は身悶《みもだ》える。

すこしブカブカなのもかわいらしく、スマートフォンの連写が止まらない。

「大輝君、敬礼できるか？」

「けいれい？」

「こうだ」

瞬は大輝をパトカーの前に立たせるとピシッと敬礼してみせた。本職の敬礼だ。すると大輝は短い腕を一生懸命使って真似をする。

「かわいすぎる……」

さっきから同じ感想しか出てこないが、実際かわいいのだからしょうがない。

「大輝こっち、こっち向いて！」

佳純は夢中になって、様々な角度でシャッターを切る。

「ママのほう見て、そう、カッコいいぞ」

隣で瞬も目尻を下げて大輝に声をかける。

「あとで、俺にも送ってくれるか？」

「……はい」

明るい声に佳純は素直にうなずいていた。

館内はほかにも子ども向けの体験コーナーや、大人もためになる防犯知識の紹介などもあり、とても充実していた。

「さめしまさん、これなに？」

「これを使って犯人、悪い人を見つけるんだ」

科学捜査の展示の前で、瞬と大輝はガラスケースを覗き込んでいる。

三歳の大輝には難しいものが多かったが瞬は目線を合わせ、ときには抱き上げながら優しく説明していた。

（あしてると親子にしか見えないな……って当然か。そもそも本当の親子なのに）

少し離れた場所で彼らを見ながら実感する。ふたりがあたり前に親子である機会を奪ったのは、ほかでもない自分だ。そう思うと罪悪感で胸が苦しくなる。

しかし今日、佳純はある覚悟を持って瞬の誘いを受けていた。

「都心の一等地にこんないい場所があったなんて、はじめて知りました」

「俺も来るのははじめてだったが、いい施設だったな」

ひと通り見学を終え、施設を出た三人は少し早い夕食をとりに銀座に足を向けた。

年末の休日、午後となればかなりの賑《にぎ》わいだ。もともとあまり都会の街には縁がないが、東京を出て四年弱、ほぼ近所から出たことがなかったので人の多さに圧倒されてしまう。

大輝は博物館がよっぽど楽しかったのか、瞬に抱かれながら「パトカーがね、かっこよかったの」とおしゃべりが止まらなかった。

瞬が予約してくれていたのは、中央通《ちゅうおうどお》り沿いのビルの中にある和食レストラン。子ども歓迎の明るい雰囲気のお店だ。しかも畳の個室を押さえてくれていたらしい。

驚く佳純を前に、瞬はメニューをこちらに差し出しながら言った。

「ここなら子ども向けのメニューもいろいろあるようだし、君も好きなものを頼んでくれ。大輝くん、なにを食べようか？」

ファミレスはおろか外食をしたことがないからか、大輝は佳純の隣でキョトンとしていた。

瞬が和牛ステーキセットを選んだので、佳純も同じものを、大輝にはコロッケや卵焼きがのったお子様プレートを注文した。

大輝は大喜びで頬張っていたが、三歳児がずっとおとなしくなどできない。

「こら、大輝ちゃんとお座りしてて」

「やーだー」

ひっくり返って頭を畳につけ始めた大輝を窘《たしな》めていると、瞬が自分の膝をポンポンと叩いた。

「大輝君、こっちに来るか？」

「うん！」

もともと懐いていたが、先ほどの博物館で瞬をさらに好きになったらしい。大輝は彼の膝の間に素直に収まった。

瞬があやしたり話し相手をしてくれたので、佳純はゆっくり食事を味わうことができた。

（レストランでこんなにゆったり食べられるなんて、いったいいつ以来だろう……）

ミディアムレアに焼けた和牛の香ばしさを堪能しながら、佳純は遠い目になった。

食事を終え、さっさと会計をすませてしまった瞬に慌てて声をかける。自分たちの食事代まで支払わせるわけにはいかないと思ったからだ。

「鮫島さん、おいくらでしたか？　支払います」

バッグから財布を取り出しながら訴えても、瞬は取り合ってくれない。

「気にしないでくれ」

彼のことだからそう言うと思っていたが、それに甘えるわけにはいかない。

「いえ、気にしますから」

「――佳純」

低い声で待ったをかけられ、佳純は続けられなくなる。

「こういうことも含めて、これからのこと家でちゃんと話をさせてくれないか」

真剣な表情に強い意志が伝わってきて、佳純はゆっくりうなずいた。

「……はい、私もお話したいです」

新宿区市谷《しんじゅくくいちがや》。大通りから少し入った静かな住宅街。外観から一目で高級物件だとわかる瀟洒《しょうしゃ》な低層マンションの三階に瞬の住む部屋があった。

「……おじゃま、します」

大輝を抱っこしながら広い玄関で慎重に靴を脱ぐ。

「ぜんぜん起きそうもないな」

ドアを閉めながら瞬は小さく笑う。

「あんなにはしゃいでましたし、お腹もいっぱいになりましたからね」

帰りの車に乗せた途端、充電が切れたように眠ってしまった大輝は運んでも起きる気配がなかった。

瞬は広いリビングの隣にあるドアを開けると、物がほとんど置かれていないその部屋の真ん中に布団を手際よく敷き始めた。

「ここに寝かせて」

「は、はい」

佳純は言われるままそっと大輝を布団に横たえ、上質で温かそうな毛布をかけた。

元々今日は瞬の家に泊まってほしいと頼まれており、佳純も彼ときちんと話すいい機会だと思いそのつもりで準備していた。大輝もお泊まりを楽しみにしていた。

適切に暖房のきいた部屋でスヤスヤと眠る大輝を見てホッと息をつく。

(布団、新品みたいだし毛布もかわいいくまさん柄……もしかしなくても大輝のために準備してくれてたんだよね)

「ドアを開けたままにしておけば起きても大丈夫だな。佳純、コーヒー淹《い》れるからリビングでゆっくりしていてくれ」

「失礼します」

促されるままリビングのソファに腰を降ろす。

広い対面式キッチンで瞬はコーヒーマシンのスイッチを入れた。ほとんど自炊をしないと言っていたように、ここから見る限りあまり生活感が感じられない。リビングもソファとテーブルはあるが、テレビやサイドボードなどは置かれていなかった。

（寝に帰ってくるだけの日もあるんだろうな）

そんなことを考えながらキョロキョロしていると、瞬がマグカップをふたつ持ってやってきてローテーブルの上に置く。コトンという小さな音にふいに胸が跳ねたのは、緊張してるせいだろう。

「……いただきます」

「ああどうぞ……物のない部屋で驚いただろう？」

瞬は苦笑しながら佳純の隣に腰かけた。

「ちょっとだけ……こちらには帰国してから？　たしか前は違ったような」

恋人だった頃、九段下《くだんした》の賃貸マンションに住んでいると聞いた覚えがあった。

「そう、ここは兄が所有していた物件なんだ。姪が大きくなって手狭になったらしく、青葉台《あおばだい》に家を建てて引っ越したから、リフォームを入れて俺が借りている」

「あの、お兄様はなんのお仕事を……」

思わず聞かずにはいられなかった。こんな都会の高級マンションを所有しているうえ、目黒区《めぐろく》に家を建てられるなんて相当な財力がないと不可能だ。

すると瞬は「そうか、言ってなかったか」とさらりと続けた。

「実家は祖父の代から続いている法律事務所で、弁護士の父と兄が共同経営している」

「そ、そうなんですか……法律事務所……」

「国内の五大事務所のひとつに入るくらい大きくなってしまったから、父にこき使われて忙しいってぼやいてるよ」

佳純は聞いたことを後悔した。

（なんとなくそんな気はしていたけど、瞬さん、そんな立派なお宅のご出身だったなんて。ますます切り出しづらくなってしまった……でも、決めたんだ。今日ちゃんと話すって）

今を逃したらもう勇気が出ない。決心して息を吸い込んだタイミングだった。

「佳純、ここで一緒に住まないか」

「……えっ」

思いがけない言葉が耳に入ってきて、息を吸い込んだまま固まる。

「ここが気に入らないなら、違う場所に家を買ってもいい」

「ちょ、ちょっと待ってください、一緒に住むって……」

慌てる佳純に対し、瞬の表情は真剣そのものだった。

「本当はもう少し時間をかけるつもりだった。俺は無理やり君たちの生活に割って入ったようなものだったから。佳純の気持ちが追いついてくれるのを待とうと思っていた」

瞬は静かに、でもはっきりと言葉を紡いでいく。

「でも、君たちと過ごす時間は幸せすぎて我慢できなくなってしまった。この前みたいに君や大輝が体調を崩したら誰より早く近くで心配したいし、今日みたいな外出も食事もあたり前のようにしたいんだ。家族として」

〝家族〟という言葉に反応し、佳純は目を瞬かせた。

「きっと頑張り屋の佳純なら、ひとりでも立派に大輝を育てられるし幸せになれる。でも俺は、俺の手で君たちを幸せにしたいんだ」

そこで瞬は一度言葉を切り、佳純としっかり目を合わせた。

「佳純、君が好きだ。君を想う気持ちは四年前と変わっていない」

「鮫島さ……」

彼の真っすぐな言葉が佳純の胸を射貫く。

「四年前、君に寂しい思いをさせたのは本当に悪かったと思っている」

切なさが滲《にじ》む声を最後に、ふたりの間にしばし沈黙が落ちた。

「……私、今日、謝ろうと思ってここへ来たんです」

佳純は声を絞り出した。胸を締め上げられるような緊張でおかしくなりそうだが、なんとか自分を奮い立たせる。

「最初からわかっていたと思いますが、大輝はあなたの子どもです。黙って産んで……あなたから大輝を、父親になる機会を奪ってしまいました」

今さら謝っても過去の過ちは変わらないし、罪悪感は一生残るだろう。でも頭を下げるしかできなかった。

「……ごめんなさい」

「君の言う通り、はじめて会ったときからわかってたし、そうでなくても大輝は俺の息子だと思ってるよ」

優しい声に顔を上げる。瞬はこちらを労わるように見つめていた。

「四年前、電話口で君が言ったことはやっぱり嘘だったんだな。全部聞かせてほしい」

佳純はうなずき、口を開いた。

「……私は、叔父から逃げたくて、瞬さんに迷惑をかけたくなくて別れを告げました」

佳純はなるべく感情を交えないように事実を伝えた。会社の金を横領して窮地に陥った叔父が金を無心に来たこと、瞬の部下の斉藤芹那という女性から別れるように迫られたこと。

瞬は黙って佳純の話に耳を傾けていたが、芹那の話になるとピクリと眉を動かしていた。

「そんなことが、あったなんて……だからあのとき俺がフランスに行くと知っていたんだな」

佳純がすべて話し終えると、瞬は深い溜息をついた。

「ちゃんと話せばよかったんです。でも、できなかった。あのときは大輝を守ることと、あなたに迷惑をかけないように逃げることだけを考えていました……でも」

話しながら、佳純は自分の心の奥底にある感情に気づく。

「本当は、あなたに必要ないと突き放されるのが、怖かっただけなのかもしれません」

ずっと向き合おうとしなかった。逃げたのは弱かったからだ。再会後は瞬への想いすら曖昧にし続けた。

でも今、佳純ははじめて現実にあらがおうとしている。

四年間溶け出さないように心の中で凍らせておいた幸せな記憶と愛情は、再会したあと、彼の深い優しさと誠実さでどんどん溶かされてしまった。流れ出るのを我慢できないくらいに。

芹那の言葉通り、そばにいるべきではないのかもしれない。でも、はっきり言われたことで逆に覚悟ができた。彼を思うのなら今度こそ逃げずにすべてを打ち明けよう。そのうえで、瞬が佳純から離れる判断をするなら、それを受け入れようと。

佳純の口から本心がこぼれる。

「叔父のことはなにも解決していません。それに、あなたにふさわしい人はいくらでもいるのもわかっています。でも……私は瞬さんのそばにいたい……」

「佳純」

肩を引かれたと思った刹那、佳純は瞬に柔らかく抱きしめられていた。

「四年前のこと、君が話せなかったのは、俺がふがいなかったせいだ」

「瞬さん……」

瞬は佳純の背中をゆっくりさすりながら、フランス行きについて話せなかった事情や、芹那との結婚話は先方からの一方的なものだったことを丁寧に説明していく。

「叔父さんの件と斉藤主任のことは預からせてくれ。でも、どんな状況になっても俺は君と大輝を二度と離さない」

佳純は黙ってうなずく。叔父のことを知ってなお、少しも揺るがない瞬の思いが不安でたまらなかった心を温かく満たした。

「大輝をここまで育ててくれてありがとう。これからはずっとそばにいるから」

「はい……っ」

瞬の腕に抱かれながら佳純は肩を震わせた。

「大輝の、名前……」

「うん？」

瞬は佳純を抱きしめながら優しく続きをうながす。

「はじめてふたりで出かけたとき、瞬さん、コスモスの丘で『生命力のある色だな。輝いて見える』って言ってたんです。だからあのコスモスみたいに輝いて大きくなってほしくて……せめて名前だけでも、あなたとの思い出を残したくて……っ」

本当はずっと伝えたかった。愛する人の子どもを宿せてとても幸せだったと。押し寄せる感情で佳純は喉を詰まらせる。

「……ありがとう、はじめて聞いたときからいい名前だと思っていた」

抱きしめられていた腕が緩み、瞬の掌が頬に添えられる。彼は愛おしげにこちらを見つめていた。

「佳純……」

甘く囁く声と共にゆっくり顔を引き寄せられ、唇が塞がれた。

「ん……」

四年ぶりに重なった唇は切ないほどに温かく、佳純の目から涙が溢れ出す。もう、こらえきれなかった。

瞬に別れを告げたあのとき、がらんどうのアパートの部屋で佳純はひとり涙を流した。お腹の大輝に約束した通り、それからどんなに辛くても不安でも佳純は泣かなかった。

それなのに、一度流れ始めた涙は壊れてしまった蛇口のように溢れ続ける。

やがて瞬は顔を離すと、佳純の涙を優しくぬぐい、体ごと胸に引き寄せた。

「ごめ、ごめんなさい、汚れちゃう」

瞬のシャツを汚しそうになって体を離そうとしたが、逆に強く抱き込まれた。

「好きなだけ泣いていい。今までの分全部」

「……っ、うっ……」

しばらく涙は止まってくれそうもない。佳純は瞬の背中に手を伸ばし、ギュッとしがみつく。

目を覚ました大輝が泣き声を上げるまで、佳純は瞬の逞しい胸の中で彼のシャツを濡らし続けるのだった。

二度目の夜

年が明け、佳純は瞬と共に山谷家を訪れていた。

瞬は柚希の両親を前にこれまでの経緯を説明した。四年前のすれ違いや再会、大輝のこと、そしてこれからのことを。

「佳純に大変な思いをさせてしまったのは、私がいたらなかったせいです。申し訳ありませんでした。そして、これまで佳純を支えてくださりありがとうございました」

瞬は和室の畳の上で深々と頭を下げた。

最初は驚いていた柚希の両親だが、瞬が丁寧に説明していく中で納得してくれた。

「柚希は詳しいことを話さなかったけど、そういうことだったのね。でも引っ越しちゃうなんて……寂しいわ」

悦子が深い溜息をついた。

「すみません。引っ越すから仕事を辞めますなんて急に迷惑ですよね」

佳純は近いうちに山谷リフォームを退職し、瞬の住む東京のマンションに移り住むつもりでいた。

相変わらず瞬は、忙しい時間を縫ってアパートに通ってくれる。しかし、彼の負担を考えると早めに一緒に暮らし始めたほうがいいと考えたのだ。

「仕事のほうはいいのよ、また新しい人を探せばいいんだから。それよりあなたたちに会えなくなると思うと……」

悦子は言葉を詰まらせ両手で顔を覆い、しくしくと泣き始めてしまった。その姿を見て佳純の胸も締めつけられる。

「悦子さん、おじさん、私、ずっとお世話になってきたのになにもお返しできなくて……」

声を震わす佳純に、柚希の父は穏やかな顔で言った。

「僕たちは勝手に君の両親の代わりになったつもりでいて、佳純ちゃんや大輝を娘と孫みたいに思っていたんだ。心配できる相手がいるのは幸せだったし、一生懸命な佳純ちゃんだからお節介をしたくなった。それだけだ」

「そうよ。だから気にせずに佳純ちゃんは自分の幸せを考えて。たまには大輝くんと顔を見せてくれるとうれしいわ」

悦子は泣き笑いの顔になっている。

「はい、もちろん連れてきます。大輝も喜びます」

ありがとうでは言い表せない気持ちを持て余しながら、佳純は目を潤ませる。

すると佳純に笑いかけていた柚希の父の顔が急に硬くなる。

「で、鮫島さん。きちんと籍は入れるんだろうな」

「はい、少しでも早くと考えています」

柚希の父の鋭い言葉に瞬は淀《よど》みなく答えた。

家族になるといっても、すぐに結婚する必要はない。一緒に暮らせればそれでいいと思い、瞬にもそう伝えていた。しかし、瞬の考えは違っていた。

『俺のマンションに引っ越しが終わったら実家に連れていくよ。そのあと婚姻届を出そう。大丈夫、実家のほうはなんの問題もない』

きっと大丈夫ではないし問題はあるだろう。でも、ここまで来たら瞬を信じようと腹を括《くく》っていた。

柚希の両親への挨拶を終え、瞬とふたり自宅アパートに帰る。

「あ、ママとパパ！」

鍵を開け、中に入ると大輝の元気な声が聞こえた。

家族になると決めてすぐ大輝には『さめじまさんは大輝のパパだから、これからはパパって呼んでね』と教えた。

『さめしまさん、パパ？』と首をかしげていた大輝。佳純の呼び方が〝瞬さん〟と名前呼びに変わったから少し混乱していたようだが、言いやすいのかすぐにパパ呼びが定着した。

「ただいま大輝」

瞬も父親らしく息子を呼び捨てにするようになっていた。

「ゆずせんせい、ママとパパかえってきたよ」

「おむかえしなくていいのかなー」

おもちゃの前から動かない大輝の横で柚希が笑った。手にはプラスチックのレールを持っている。

大輝は瞬に買ってもらった電車のおもちゃが大好きで、今日は柚希が家に来ると教えたら、『ゆずせんせいと一緒に遊ぶ』とはりきっていたのだ。

「柚希ありがとね。お休みなのに面倒見させちゃって」

山谷家に挨拶に行くと話したら、柚希は『込み入った話をするなら大輝は私が見てるよ』と言って子守りを買って出てくれたのだ。

「いいのよ、大輝と遊べて楽しかったから。鮫島さんもお疲れさまでした。どうでしたうちの親」

「おかげさまで納得していただけたよ。でも少し緊張したな。恋人の親に挨拶に行くのは、ああいう気持ちなのかと思ったよ」

瞬はコートを脱ぎながら苦笑している。

佳純もバッグをダイニングの椅子に置いて「そういえば」と口を開いた。

「琉生君にもお礼を言おうと思ってたけど、今日いなかったんだよね。用事があったのかな」

「まあ、納得はしてるだろうけど、さすがにすぐには切り替えられないんだろうなぁ」

「え？　なんのこと？」

柚希の言葉に首をかしげていると、瞬ににっこり微笑まれる。

「彼とはまた別の機会に話そうか」

「たしかにそうですね」

今日明日すぐに出ていくわけではないから、琉生と話すタイミングはまだあるだろう。

「彼もそうだが、柚希さん、あなたにもお礼を言いたい。これまで佳純のそばにいてくれてありがとう。君が守ってくれたから佳純はここで大輝を育てられた」

急に真面目な声色になった瞬に、柚希と佳純は同時に目を瞬かせる。

するど柚希は肩をすくめ、小さく笑った。

「だって佳純、うじうじ悩むくせに一度腹を括ると頑固だから。もしかしたら私にまで行き先を告げずにいなくなるんじゃないかと思って、怖かったんです」

あたり前のようにさらりと手を差し伸べてくれていた柚希が、はじめて漏らした本音。

山谷家でも痛感したが、与えられた思いやりや優しさはどうやったら返せるのだろう。結局、口をつくのは気の利かない言葉だった。

「ありがとう……私、昔から柚希のお世話になりっぱなしだね」

「もう、佳純ったら情けない顔しないでよ。そんなに恩返ししたいなら、鮫島さんのツテでイケメン警察官を紹介してくれればいいから」

佳純の神妙な顔を見て柚希は冗談めかした。

いつの間にか大人たちの話を聞いていた大輝が、なんの話をしているのかと首をかしげている。

柚希は大輝を膝に乗せて「君もイケメンになりそうだねぇ」と笑いながら頬を指先でフニフニとつついた。

「わかった、お眼鏡にかなう男がいるかわからないが、庁内で見繕っておくよ」

瞬も調子を合わせて笑う。

「ふふ、期待しておきます……あ、そうだ大輝、今度ゆずせんせいのお家にお泊まりする？」

「ゆずせんせいのおうち？」

「うん、りゅーくんも、おじさんもおばさんもいるよ。いっぱい遊んで夜はゆずせんせいと一緒に寝ようね」

「やった、おとまりする！」

柚希の膝の上で大輝は体をバウンドさせた。

「というわけで、佳純、今度大輝のこと借りていい？」

「いいけど、急にどうしたの？」

「今日の話聞いて、自称じいじとばあば、大輝がいなくなっちゃうーって相当寂しがると思うのよね。引っ越す前に思いっきりかわいがらせてあげたいんだ」

「それは全然構わないけど、私も……」

一緒に泊まると続けようとしたが、柚希に制される。

「せっかくだから、ふたりでデートでもしてきなさい！」

「デ、デートだなんてそんな」

にんまりする柚希を前に妙に気恥ずかしくなる。

「だって、せっかく復縁したのに恋人らしいお出かけなんてできてないでしょ」

「それは、そうだけど、でも……」

佳純が言い淀んでいると、なにかを思案していた瞬が口を開いた。

「だったらお言葉に甘えてお願いしてもいいかな。出かけたいというか準備したいことがあって。佳純にもはじめて相談するんだが、実は……」

瞬の続けた内容に佳純は固まることになった。


二週間後、佳純は渋谷《しぶや》を訪れていた。

高級ブランドが立ち並ぶ明治通《めいじどお》り沿いを瞬に手を引かれて歩いていると、まるでデートをしている気分になる。

(デートというより今日は必要に駆られてここに来ただけだし……)

瞬の準備したいこととは佳純の洋服選びだった。

来月、瞬の元上司である故人、田端を偲ぶ会が開催されることになった。瞬も幹事に名を連ねているそうだ。

偲ぶ会といっても湿っぽいものではなく、思い出を楽しく語る立食パーティー形式になるらしい。

その会に佳純も同行してくれないかと頼まれたのだ。

『警視庁や警察庁の上層部も顔を出すらしいが、家族も同伴可能なカジュアルな会になっているから』

上層部が集まる時点ですでにカジュアルではないのではと慄《おのの》く佳純に瞬は言った。

『そこで佳純を俺の婚約者だと周知させたい』

瞬の強い意志を感じ取り、佳純も腹を括った。

『わかりました、頑張ってご挨拶します』

そう答えたものの、改まった場所に着ていく服などない。それをわかっていた瞬が柚希に大輝を預かってもらい、買いに行かないかと提案してくれたのだ。

「もう少し行った先にあるはずだ」

「は、はい」

当然のようにつながれている瞬の大きな掌の温もりに頬を熱くしながら、佳純は歩調を合わせる。

以前はふたりで出かけるたびにこうして手をつないで歩いた。でも、久しぶりすぎて妙に意識してしまう。

瞬に連れられて入ったのは、重厚な店構えの大型セレクトショップだった。

高級感溢れる店内に圧倒されている佳純をよそに、瞬はスタッフに声をかけた。

「鮫島です」

「鮫島様ですね、お待ちしておりました」

上品な笑みを浮かべた女性スタッフに店の奥のソファまで案内される。

すぐに服を選ぶのかと思っていた佳純はなにがなんだかわからないまま、瞬と並んで腰かけた。

「ここは義姉《あね》が贔屓《ひいき》にしている店らしい。俺は女性の服装に詳しくないから事前に相談して彼女を通して店に希望を伝えておいた」

「ということは、お兄様やお義姉《ねえ》様は……」

「兄も義姉も早く君と大輝に会いたいと言っていたよ」

もう彼の兄夫婦には佳純たちの存在が知られているようだ。

「覚悟していたとはいえ、緊張します」

顔を強張らせる佳純を安心させるかのように瞬は佳純の手に掌をポンポンと乗せた。

「大丈夫、両親を含め君が思うほど怖い人たちじゃないから」

そうこうしているうちに、何着かのワンピースやスーツがかかったハンガーが運ばれてきた。

「改まった席にふさわしい、落ち着きすぎず派手さは控えた上品なものと伺っておりましたので」

なかなか難易度が高い注文だったと思うがさすがプロだ。スタッフは的確に用途を捉えていて、どれを選んでも問題なさそうだ。だが、どの服にも値札がついていない気がする。

「ど、どれも素敵だから悩んでしまいますね」

こんなセレブな買い物の仕方をしたことがないので、ドキマギしながら立ち上がる。

「君が好きなのを選んだらいい」

一着一着あてがっていく佳純を瞬は楽しそうに見守ってくれる。それを気恥ずかしく思っていたのだが、一着のワンピースに目を引かれ、思わず手を伸ばした。

深いネイビーで、首まわりに控えめな同色のレースがあしらわれている全体的にシンプルなデザイン。素材は吸いつくように柔らかい。

高級感はこちらのほうが段違いだが、似ている気がした。瞬との最後のデートのときに着たあのワンピースと。

「これ、試着してみてもいいですか？」

佳純は思わず声を上げていた。

着用してみると、驚くほど軽く着心地がいい。ほどよく体の線に沿うデザインがスタイルをよく見せてくれる気がした。自分では似合っている気がするけれど、瞬はどう思うだろう。

「どうでしょう……」

おずおずと試着室から出て披露する。瞬は驚いたような顔をしたあと、破顔した。

「すごく、似合ってる」

「あ、ありがとうございます。あの、これに決めてもいいでしょうか」

「ああ、もちろん」

瞬の声も眼差しも、やけに甘い気がして佳純は顔に熱が集まってくるのを感じた。

ワンピースが決まるとそれに合わせてバッグや靴、イヤリングやコートまで次々と運ばれてくる。良し悪しがよくわからない佳純だったが、スタッフの丁寧なアドバイスや瞬の意見も聞きつつ、なんとかすべて選ぶことができた。

「はぁ……なんだか普段使わない脳細胞をすごく使った気がします」

「女性の買い物は大変なんだな。でも、いいものが選べてよかった」

スタッフに見送られ、店を出たふたりは駐車場に向かう。

似合っているからこのまま出かけようと言われ、佳純は先ほど購入した一式を身に着けている。

「瞬さん、ありがとうございました。こんな素敵なものを買っていただいて」

瞬はあたり前のように彼のカードで支払いをすませてしまった。値段は教えてもらえなかったが、相当高額だったに違いない。服装に高いお金をかける発想のない佳純としてはどうしても気が引けてしまう。

するとは瞬は気にするなというように佳純の手をしっかりとつないだ。

「いいから。疲れただろう？　次はゆっくりしてきたらいい」

「……はい」

このあとは、瞬が予約してくれていたヘアサロンに行く予定になっていた。

(瞬さん、きっと見かねたんだろうな。正直普段から最低限のケアしかできてないし、子連れで行ける格安カットの店にしか行けてないもんね……)

来月のパーティーで瞬に恥をかかせないよう、しっかり綺麗にしてもらおうと佳純は考えていた。

連れてこられたのは青山に店を構えるサロンだった。受付で瞬が名前を告げるとスタッフに待合スペースに通される。

（これは、私の知ってる美容院じゃない……）

半地下になっている空間には柔らかい日差しがほどよく差し込んでいてゆったりした雰囲気が流れている。

生花やグリーンもふんだんに飾られていて、これを常にキープするのはお金がかなりかかるのではとつい下世話なことを考えてしまうほど、ラグジュアリーな空間だった。

座り心地のいいソファに腰かけていると、すらりとした背丈の人物が現れた。

「いらっしゃいませ、今日担当いたしますヘアメイクアーティストのユキです」

（わぁ、すごい美人さんだ……）

笑顔が麗しいその人は、年は佳純と変わらないくらいだろうか。完璧なメイクを施し、艶やかな茶色い髪をうしろで結ぶ、美人という言葉がぴったり合う容姿をしている。ただ、体格と声は完全に男性のものだ。

「終わった頃に戻りますので、彼女をお願いします。佳純、またあとで」

瞬は佳純に笑顔を向けると颯爽《さっそう》とその場をあとにした。

「ちょっと、びっくりしちゃった！　彼氏、すっごいイケメンね－！　あ、タメ口でごめんなさいね」

ユキと名乗った彼はハスキーな声を弾ませた。

「いえ、普通に話してくださったほうが私も楽です」

「じゃあこのままでいかせてもらうわね」

ユキは話がうまく、慣れない高級サロンに緊張する佳純の肩の力を巧みに解していった。

近々パーティーがあるので今の長さをキープしつついい感じにしたいという、佳純のふんわりすぎる希望に嫌な顔ひとつせずにうなずくと、細かい調整を入れながらカットを施してくれた。

「今日のお洋服、とても素敵だけどそのパーティーに着ていくの？」

手際よくシザーを動かしながらユキが話しかけてくる。

「はい、そうなんです」

「だったら、髪は全部下ろすよりハーフアップにしたほうがいいわ。最後にやり方を教えるわね」

「お願いします！」

勢いづく佳純にユキはにっこり笑う。

「ふふ、パーティーは彼と一緒に出席するの？　いいわねーラブラブで」

「ラブラブ……」

その言葉に佳純の顔が曇ったのをユキは見逃さなかったようだ。

「あら、浮かない顔ね。ラブラブじゃないの？」

「……私、子どもにかかりきりで、自分のことを気にかける余裕がなくって」

彼のフレンドリーな雰囲気に、つい本音を漏らしてしまった。ユキは手を止めて鏡越しに佳純を見てきた。

「まぁ、ママだったの。たしかに小さい子いると、ゆっくり鏡を見ている時間もないわよね」

「……髪もお肌もちゃんとお手入れできてないし、なんというか、彼に女性として見られてないいんじゃないかって思ったりして」

気がついたら余計なことまで口走っていた。

大輝を産んでから約三年、それこそ髪を振り乱して育児優先で生きてきた。なにも後悔はしていないが、女性としての魅力は減ることはあっても増しているわけがない。

年を経てますますカッコよくなっている瞬に対して自分は……と、どうしても思ってしまうのだ。

（一度キスはしたけど、そのあと瞬さんとこう……男女の触れ合い的な、甘い雰囲気

になることもなかったし)

でも、今日のように手をつないだり、甘く見つめられるとドキドキして落ち着かなくなってしまうのだ。

悶々と考えていると、ユキは口をあんぐりと開けていた。驚いた顔も美しい。

「それ本気で言ってるの? さっきの彼、ちょっと見ただけであなたにベタ惚れってわかったけど」

「えっ」

「心底惚れた女ならどんな格好してようとかわいいし、髪が乱れててもお肌がボロボロでも綺麗に見えるものなの!」

「は、はい……」

勢いに押されてコクコクとうなずく佳純にユキは少し声を落とす。

「でも、あなた自身が胸を張れるように、綺麗になるお手伝いをするのが私の仕事。そうと聞いたら腕によりをかけさせてもらうわ」

腕まくりをしてユキはにっこり笑った。

カットのあとはしっかりトリートメントを施し、髪のうるおいをキープするドライヤーのかけかたやヘアピンを使った簡単なヘアアレンジのテクニックも教えてもらった。

「あなたの肌色には、ファンデはベージュ系よりピンクの入ったオークルのほうが馴染むわ。で、アイシャドウはこっち。この色合いならドラックストアでも手に入りやすいわよ」

ユキは細かく説明しながら佳純のメイクを仕上げていく。佳純は必死にスマートフォンでメイク道具の写真を撮ったり、メモを残した。

「さ、これで完成！　どうかしら」

ケープを外したユキに手鏡を渡され、佳純は自分の顔を見て思わず感嘆の声を漏らした。

「魔法みたい……」

派手ではないが、透明感と柔らかい女性らしさがある仕上がりだ。平凡な顔にちゃんとメリハリが出ている。自分に合った適切なメイクをするとこんなに綺麗になれるなんて。感動でいろんな角度に鏡を動かす。髪もこなれた雰囲気のハーフアップスタイルで女性らしさがアップした気がする。

「ありがとうございます！　本番もなるべくこれに近づけるように頑張ります」

浮き立つ気持ちに任せてお礼を伝える。ユキは満足げにうなずいた。

「さっきも言ったけど、髪はお風呂を出たらなるべく早く乾かしきるのよ。あとアウトバス用のトリートメントなら時間かからないから……」

待合スペースに移動しながらユキの話を聞いていると、前方のガラス扉が開いた。

「あ、瞬さん」

「――佳純？」

佳純に気づいた瞬は引き寄せられるように近づき正面に立つと、眩しそうに笑った。

「綺麗だ」

気持ちのこもったひと言で佳純の胸は甘く絞られる。今は素直に受け取ろうと思った。

「うれしいです」

ふたりのやりとりを見て、ユキはにんまりと笑っていた。

「本当に素敵な美容師さんでした」

すっかり日が落ちた夕刻、佳純たちはホテルのレストランでディナータイムを過ごしていた。六本木のシンボルともいえる高層ビルの四十五階のフレンチダイニングだ。

窓からは、冬の澄んだ空気の中で煌《きら》めく東京の夜景が見える。

上品に並べられた前菜を口に運びながら瞬はうなずく。

「なんでも芸能界でも彼のファンが多くて、なかなか予約できないらしい。義姉のツテでたまたま空いていたところに入れてもらえたそうだ」

「え……そんなすごい方だったんですか」

技術と知識量、なにより人柄も素晴らしかったから納得だ。また来てね、と名刺をもらったが次はなかなか難しそうだ。ただ、今はそれよりも気になることが。

「瞬さん、つかぬことを伺いますが……お義姉さまはなにを？」

「ああ、義姉は女優をやってる」

なんでもないように明かされた芸名は、ドラマやＣＭでよく見かける美人女優のものだった。

悦子が熱心に見ていた最近の月曜九時のドラマで主人公の姉役をしていた気がする。

（き、聞かなければよかったかも……）

実家は法律事務所経営、兄嫁は一流女優。これから挨拶しなければならない瞬の家族に対するハードルがエベレスト並みに高くなっていく。

（ウジウジ考えても仕方ない。まずは来月のパーティーを乗りきって瞬さんの職場の人に認めてもらわなきゃ）

佳純は心の中で気合を入れてメイン料理の和牛ステーキを口に運ぶ。

「んー、おいしいです！」

口の中に広がる肉汁に思わず声を震わせると、向かいで瞬が目を細めた。

「この前銀座でも和牛ステーキをうまそうに食べてたから、好きなのかなと思ってた」

「は、はい。好きですね。和牛というか、牛のステーキ」

（牛肉自体あんまり食べられなかったから、なにを食べても最高においしいんですとは恥ずかしくて言えない）

「あ、柚希から」

テーブルの上に置いておいたスマートフォンに柚希からのメッセージが届いた。

【ご飯しっかり食べてます】というメッセージと共に、悦子の作った唐揚げを上機嫌で頬張る大輝の動画が添えられていた。

「よかった。迷惑かけずに楽しく過ごせてるみたい」

佳純が動画を見せると、瞬も柔らかい笑顔になる。

「唐揚げもおいしそうだ。それにしても山谷さんにはよくしてもらえてありがたいな」

「はい、本当に。でも、なんだかこうして離れていると気になっちゃって」

今日は一日中柚希からの連絡を待って、メッセージをチェックしてしまっていた。

今もあまり行儀のいいことではなかったとスマートフォンを伏せる。すると向かい側から静かな声がした。

「佳純、今日はマンションに帰らなくていいか?」

「え……?」

どういうことかわからずに首をかしげる。すると瞬はゆったり笑った。

「この上に部屋を取ってる。飲み直さないか」


たしかに食事のとき、瞬はビールと赤ワインをオーダーしていた。てっきり車は置いていき、タクシーでマンションまで帰るのかと思っていたが違ったらしい。

(もともと今日は大輝がお泊まりでいないから、夜もふたりきりってわかってたけど、このシチュエーションはなんだか……)

先ほどのレストランにも負けないほどの美しい夜景を見下ろす部屋で、佳純は鼓動が速まるのを感じていた。

窓辺のテーブルの上には冷えたシャンパンとグラスが置かれている。コートを脱いだ佳純は所在なげに横の椅子に腰かけた。

「これくらいなら飲めるか?」

向かい側に座わった瞬がシャンパンを注いで渡してくれた。

「はい、ありがとうございます」

半分ほど入ったグラスを持ちあげ、瞬と軽く杯を合わせる。口に運ぶと琥珀色《こはくいろ》を薄めたような光る液体が喉を熱くした。

佳純がグラスを置いたタイミングでスマートフォンが震える。柚希からで、大輝の寝顔を送ってくれていた。余計なメッセージ付きで。

【今日はもう連絡しませんのでふたりでごゆっくり！】

（ゆ、柚希ったら、これ以上意識させないで……！）

「柚希さんから？」

「は、はい……大輝、もう寝たそうです」

佳純が慌てて答えると瞬は「そうか」と静かにグラスを置き、笑みを浮かべた。

「今日は独り占めできるかと思ったのに、俺の恋人はほかの男に夢中だな」

「えっ？」

なんのことかわからなくて佳純は目を瞬かせる。すると瞬は穏やかな表情のまま続けた。

「わかってる。君と過ごした時間も密度も俺は大輝には敵わない。でも一生かけて挽《ばん》回《かい》するつもりだ」

「瞬さ……」

意味を理解して頬に熱が集まってくる。なにか言わなければ、そう思ったとき、部屋のチャイムが鳴った。

「えっ」

「ああ、来たようだな。ちょっと待っていてくれ」

驚く佳純をよそに瞬は立ち上がり、客室のドアに向かった。ルームサービスでも頼んでいたのだろうか。しかし、戻ってきた彼が抱えているものを見て佳純は言葉を失った。

瞬は唖然《あぜん》としている佳純の足元にひざまずき、顔が埋まってしまうほどのボリュームの深紅のバラの花束を差し出した。

「先に言ってしまうが、九十九本ある。ベタなことしか思いつかなくてすまないが、これが俺の気持ちだ」

もちろん佳純も知っていた。九十九本のバラの花の意味は——永遠の愛。

「なんで、こんな……サプライズみたいな……っ」

佳純は喉を詰まらせる。受け取った花束はずっしり重い。膝の上に置くと、涙の膜で赤い色彩が滲んでいく。

「きちんとプロポーズしていなかったから、男としてけじめをつけたかったんだ」

花束を抱えていた佳純の手に瞬の掌が重なった。こちらを見る目はこの上なく真剣だった。

「あの頃から変わらず、ずっと佳純だけを愛してる——結婚してほしい」

瞬の言葉は佳純の胸の奥に刺さり、甘く弾けた。

こんなドラマのようなプロポーズを自分がされるなんて、想像すらしていなかった。

じわじわと広がっていく温かい気持ちに抗わずに佳純は口を開いた。

「私も愛しています……瞬さんとずっと一緒に生きていきたい」

精いっぱいの想いを震えながら返すと、目から涙の雫《しずく》がぽろりとこぼれた。

「ありがとう」

瞬はホッとしたように微笑み、立ち上がると指で佳純の涙をぬぐってくれた。

「……佳純」

やがて瞬はゆっくり覆いかぶさってくる。影が重なる瞬間、佳純はそっと目を閉じた。

「……ん」

重なった唇から染み入るような心地よさを感じる。瞬も同じなのか、もっと欲しいとばかりに角度を変えて深めていく。

「ん、あ……」

「……は、佳純」

瞬が身を乗り出してキスを深めようとしたとき、佳純の膝の上で花束がガサリと音を立てた。

「……大きすぎたな。それにお互い体勢が辛い」

瞬は苦笑して佳純の膝から花束を持ち上げると、さっきまで彼が座っていた椅子に移した。こうして見ても一本一本がしっかりしていてとても大きく存在感がある。

キスで蕩《とろ》けた思考でそれを見守っていると、瞬は佳純の手を引いて立たせた。

「佳純はこっち……続き、していい？」

艶っぽい声でベッドに誘われたら、佳純は黙ってうなずくことしかできなかった。

キングサイズのベッドで佳純を組み敷きながら瞬は佳純の頬を撫でる。彼の手が冷たく感じられるのは、顔が火照っているせいだろう。

「顔が赤いな、アルコールのせいか」

「それもあるかもしれないけど……こうしていると、前に瞬さんとホテルに泊まったときのことを思い出してしまって……」

　彼にはじめて抱かれた夜がよみがえり、いろいろな思いで胸が一杯なのだ。

「今日、あの日と同じホテルでプロポーズしようかって考えないわけじゃなかった。でも過去にこだわるんじゃなくて、新しい場所からやり直したいと思ったんだ」

「瞬さん……」

　瞬は佳純の首元を優しく撫でる。

「そのくせ、今日君がこのワンピースを着ているのを見たら、あの日のことを思い出してたまらなかった……似ているから」

「……よく、覚えてましたね」

「俺は記憶力がいいんだよ。君のことは特にね」

　瞬はそう言うとゆっくり唇を重ねてきた。

「ん、あ……」

　再び始まったキスはあっという間に深くなり、ふたりはお互いを求めるように息を乱していく。

「皺になるな」

　すでにはだけていたワンピースは瞬によって器用に取り払われる。下着姿になった佳純の体を瞬は丁寧に解していく。巧みに動く指先、熱い掌と唇。佳純は彼の意のままに溶かされていく。

とうとう身に纏う布がなくなったとき、佳純は身を捩り両手で顔を覆う。

「佳純？」

腿《もも》の内側に口づけていた瞬が動きを止め、上半身を起こした。

「あの、私、変じゃないですか……子どもも産んでるし」

四年前の自分と比べたら、体形が崩れているに違いない。それを晒しているのが急に恥ずかしくなってしまった。瞬の体が記憶より逞しくなっているからなおさらだ。いたたまれなくなって顔を隠していると、手首を掴まれ外される。

「俺は普段から君が誰よりも綺麗に見えてる。もちろん今も」

きっぱり言い切ると、瞬は佳純の掌に唇を這わせた。

「瞬さん……」

――『心底惚れた女ならどんな格好してようとかわいいし、髪が乱れててもお肌がボロボロでも綺麗に見えるものなの！』

ふいにサロンでのユキの言葉が思い浮かぶ。

「君がどれだけ綺麗で、俺を煽《あお》っているか、これからゆっくり教えてあげるよ」

指先にキスをする瞬の瞳に獰猛《どうもう》な熱を見つけ、佳純の胸はドクンと跳ねる。

「……しゅ、……んんっ」

瞬は佳純に覆いかぶさり、噛みつくようなキスをしてきた。必死で受け止めていると、彼の舌が佳純の唇を割り、口内に入ってくる。

「ん、あ……、はっ……」

両手で頭を固定され、羞恥で縮こまる舌を強引に絡められた。まるで逃がさないと知らしめるかのように。激しいキスは湿った音を出し、吐息に混ざる。

「余計なこと考えられないくらい愛すから、覚悟して」

瞬は唇を離すと、自らの濡れた口元を手の甲で無造作にぬぐう。荒っぽい仕草に佳純の体は熱く反応した。

「瞬さん……」

気づいたら甘えるように両手を伸ばしていた。瞬はすぐに佳純を抱き込み、耳たぶから首筋、鎖骨に舌を這わす。やがて甘い刺激は胸の先端に。

「あっ……！」

恥ずかしさで身を捩ろうとしても、とめどない快感に翻弄され、ままならない。

瞬は佳純の体中に、余すことなくキスを落としていった。

「愛してる」

ぐずぐずに溶かされた佳純は、やがて彼を受け入れる。

「あ……っ、瞬さん……っ」

「佳純……！」

激しく揺さぶられ、高められる。逞しい背中に縋りつきながら、佳純は愛しい人に愛されている幸せを痛いほど感じるのだった。

手放す過去

　朝、マンションの玄関先で佳純は大輝と共に瞬を見送っていた。

「大輝、パパお仕事行くけど帰ってきたら一緒にお風呂入ろうな」

　瞬は大輝の頭を優しく撫でる。

「うん、またビリビリマンやって！」

　佳純の腕の中で、大輝はうれしそうに足をばたつかせた。

　先日大輝と入浴したとき、瞬は泡立てたシャンプーで頭に二本の角を作ってみせたらしい。それが、幼児向けアニメの敵役みたいだと大輝に大うけなのだ。

「お休みの日なのに出勤お疲れさまです」

　今日瞬は休日だったが、急ぎの書類の対応のため登庁するらしい。

「明日のこともあるし、今日はなるべく早く帰るよ」

「はい、気をつけていってらっしゃい」

「ああ、いってきます」

　瞬は佳純の頬に軽く口づけ、もう一度大輝の頭を撫でると、颯爽とドアを開け出勤していった。

大輝を下ろし、玄関の鍵を閉める。

(こういう感じ、本当の家族みたいだな……もうすぐそうなるんだけど)

ホテルでプロポーズされてから三週間、佳純と大輝は瞬のマンションで週末を過ごすようになっていた。来週はアパートからの引っ越しを予定している。準備が大変だと思っていたが、瞬が荷造りから荷解きまで任せられるプランを業者に手配してくれていたので、あまりやることがなかった。

貴重品や必要なものはすでにこちらに運び込んでいるから、あとは引っ越しを待つばかりだった。

(貴重品といえばあの指輪、ちゃんとあるよね)

プロポーズの翌日、瞬は銀座の某高級ジュエリーショップに佳純を連れていき婚約指輪を選ばせた。

目がくらむような輝きを誇るダイアモンドリングが並ぶショーケースの前、とんでもない金額に気が遠くなりそうになりながら、佳純は自分にはもったいないと主張した。しかし『俺の気持ちだから受け取ってほしい』なんて真剣に諭されたら断れなかった。

「それはあるよね、つけずにずっとここにしまってるんだから」

寝室のクローゼットの棚からリングケースを取り出し、自分にツッコミをいれる。蓋を開けると中には煌めくダイアモンドリングが鎮座していた。一粒タイプのシンプルなデザイン、石を留める爪の高さが低いタイプにしてもらったのは佳純の希望からだった。引っかかりでもしたら危ないからだ。

そうはいっても、高価な指輪など目にしたこともなかった貧乏性の佳純だ。普段使いなどできるわけがなく、こうして大事にしまい込んでいる。

でも明日は、この指輪をしっかりつけるつもりだ。

以前から瞬に同行を頼まれていたパーティー、正式には『田端警視の思い出を語る会』がいよいよ明日に迫っていた。

サロンで教わった通り、佳純はちょっとした時間にお肌や髪のケア、メイクの練習などを繰り返してきた。自惚《うぬぼ》れかも知れないが、だいぶいい感じになってきている気がする。なにより瞬に愛されているという自信が、佳純を前向きにさせていた。

大輝と近所に散歩に出たり、室内で遊んだりしながら一日が平和に過ぎていく。

夕刻、佳純はキッチンに立ち夕食を作っていた。最初はコーヒーメーカーくらいしかなかったカウンターには、たくさんの調理道具や調味料が置かれるようになった。

キッチンだけではなくこの部屋全体に物が増えつつあり、それがなんだかうれしかった。

今、大輝がアニメを見ている大型テレビも、つい最近瞬が購入したものだ。夢中になっている大輝に目を細めながら佳純は味噌汁《みそしる》の味を確かめる。

「うん、こんな感じでオッケーかな」

そろそろ瞬も帰ってくる頃だろうか。そんなことを考えているとダイニングのテーブルに置いていたスマートフォンが通話の着信を告げた。

瞬かと思って手に取ったが、表示されていたのは知らない番号。

(引っ越し業者さんかな)

これまで何回かやりとりしている引っ越し業者が、いつもと違う番号からかけてきたのかと思い、佳純は応答ボタンをタップした。

「はい、もしもし」

「——久しぶりだな、元気だったか?」

その声を聞いた瞬間、佳純は息をのんで固まった。信じられない、違うと思いたかったがその声はよく知る男のものだった。

「佳純、叔父さんだよ」

言葉を失う佳純の耳にゾッとするほど明るい声が響いた。

四年前、会社の金を横領し、穴を埋めるために佳純に金をせびりに来た叔父。この親族の存在は将来有望な警察官である瞬に迷惑をかける。当時そう判断した佳純は、逃げるように住んでいたアパートを出た。携帯番号も変えたし、二度と会う気も関わるつもりもなかった。

佳純はダイニングから廊下へ静かに移動し、震える手でスマートフォンを握り直した。

「——なんで、この番号を知ってるの？」

警戒心が口をついて出る。もちろん連絡先は教えていない。

「いいじゃないかそんなこと。それより叔父さん、佳純に会いたくて電話したんだ」

叔父は佳純の言葉を取り合わず一方的に話を進めてくる。

「明日、出られないか？　ゆっくり食事でもしよう」

会ってはいけない。佳純は瞬時に判断した。

「明日は用事があるし、これからも叔父さんに会うつもりないから。二度とかけてこないで」

横領の件がどうなったか気にならないわけではなかったが、会ったらまた金の無心でもされそうだし、なによりこの番号を知っているのが恐ろしかった。

「いいじゃないか、少しだけでいいんだよ。なあ佳純、叔父さんどうしてもお前と話したいんだ」

「……切るね。何度かけてきても同じだから」

縋る声を出す叔父にはっきり言いきり、佳純は電話を切った。

「……はぁ」

短い通話だったのに、かなり精神を消耗してしまった。ダイニングに戻ってきた佳純は、脱力し椅子にへたり込む。三十分番組のアニメは後半が始まったところで、大輝はまだ釘づけになっている。

「とにかく、瞬さんに相談してみよう」

佳純がそう呟いたタイミングで玄関のほうでドアが開く音がした。弾かれたように立ち上がる。

迎えに出た佳純の表情を見て、瞬の眉間に皺が寄った。

「佳純、大丈夫か？　顔色が悪い」

佳純はその場で叔父からの電話の件を説明する。すると瞬の顔はさらに険しくなった。

「君の叔父さんの横領の件、いろいろ調べてみたんだが、少なくとも立件はされていないようだ」

「えっ？」

はじめて聞く話に佳純は目を丸くした。

「会社と示談をしたのか、補填したのか詳しいことはわからないが、前科もついていない。犯罪者ではないのはたしかだ」

「そう、だったんですか……」

（あんなに切羽詰まった様子で私にお金を貸してくれって頼んできたのに？）

あのときの叔父の形相は今でも思い出せる。それなのにやけにあっさりと問題が解決しすぎている気がする。

（でも、よかった……ってことでいいんだよね）

叔父が犯罪者でないのなら瞬に迷惑をかけなくてすむ。そう考えて佳純は深く安堵の息をついた。

「だが、今になって連絡をとってきたのも、佳純の電話番号を知っているのも気味が悪い。叔父さんには俺が直接話す。なにを言ってきても絶対に会うなよ」

「はい、わかりました」

言い聞かせられ、佳純は素直にうなずいた。

「それと、明日のパーティーだが、斉藤主任も出席する予定になっている」

話題を変えてきた瞬。困ったような、怒っているような複雑な表情だ。

「斉藤さんが……」

彼女自身は田端との縁はないが、父親は現在警視副総監になっているらしく、母親と共に顔を出すらしい。今回のパーティーでは家族同伴が認められているのでおかしいことではなかった。

瞬は佳純に四年前の事情を聞いたあと、すぐに芹那を問いただしたらしい。機密だったフランス行きの情報を漏らし、ありもしない瞬との結婚をちらつかせ佳純を精神的に追い詰めたと。最近、佳純を脅しにきたことも糾弾《きゅうだん》した。しかし芹那は、そんなことは知らない、鮫島警視正は騙されている、の一点張りだったそうだ。

瞬は芹那に佳純と結婚するとはっきり伝えてくれたらしい。

「佳純に謝らせたいんだが、逆に君に敵意を持っている節がある。斉藤主任と顔を合わせたら、君が嫌な思いをするかもしれない」

瞬は佳純の頬に手を伸ばす。表情が冴《さ》えないのは佳純の負担を気にしているせいだろう。

「瞬さんが私の話を信じてくれているから大丈夫です。斉藤さんに会っても堂々としているつもりです」

そっと添えられた温かい手を心地よく感じながら佳純は瞬を見上げ、微笑んだ。

「頼もしいな。でも、なにがあっても佳純は俺が守るから」

瞬は優しい瞳で見つめ返してくれる。

「瞬さん……」

「あーっ、パパだ！　おふろ！」

いつの間にか近づいていたお互いの顔は、廊下に響いた大輝の声でぱっと離れるのだった。

「うん。練習の成果がちゃんと出てる……と思う！」

鏡の前でくるりと回転し佳純はうなずいた。

翌日の昼過ぎ。瞬は十五時から始まるパーティーに備えてすでに会場のホテルに向かっており、佳純はあとからタクシーで行く予定だ。

故人を偲ぶ場で三歳児が騒いだらいけないと思い、大輝は託児施設に預けることにしていた。柚希は預かると言ってくれたが、甘えてばかりではいけないし、瞬と結婚したらこういう機会も増えるだろうと思ったからだ。

ワンピースに着替え、念入りにメイクをし、髪もハーフアップにした姿は完璧とはいえないまでも、これまでに比べたらなかなかいいのではないか。

大輝のお気に入りの絵本とパトカーのおもちゃを手提げに入れる。万が一託児施設でぐずったら使ってもらうためだ。佳純は最後に左手の薬指に婚約指輪を嵌《は》めた。

(いよいよだ……緊張するけど頑張ろう)

「大輝、行こうか!」

すべての仕度を終えた佳純は大輝に声をかけた。

まずタクシーで向かったのは自宅からほど近い場所にある、高級マンションや商業施設が入ったビルだ。

エレベーターで託児施設のある高層階に上がる。ここも瞬の義姉の紹介だった。職員は全員保育士の資格を持つのが売りらしい。先日慣らしで預けてみたところ、大輝も嫌がらなかった。

明るく広いプレイルームの中では、大輝と同じ年頃の子どもたちが保育士と遊んでいた。

四十代くらいの保育士が笑顔で声をかけてきた。

「岡本様、お預かりしますね。いってらっしゃいませ」

「よろしくお願いします。大輝、いい子で遊んでてね」

大輝の頭を撫で、保育士に託す。

「ママは？」

「用事をすませたら迎えに来るよ」

「ぼく、ママといっしょがいい……」

今日はここで過ごすことを言い聞かせていたのだが、急に心細くなったらしい。やはりいつも通っている保育園とは勝手が違うのだろう。

「大輝……」

「大輝君、一緒に遊ぼうか。乗り物の絵本、たくさんあるよ」

「……うん」

保育士に絵本の話をされると気を引かれたようで、大輝は少し不満そうな顔をしつつも手を引かれ中に入っていった。佳純は胸を撫でおろす。

（よかった。でも、なるべく早く迎えに来よう）

再びタクシーに乗り、移動すること約三十分。パーティーが行われるホテルの車寄せで降り、ロビーに足を踏み入れる。照明が控えられた空間の正面には、スポットライトを浴びた見事な装花が飾られていた。しばらく見惚れていた佳純はハッと我に返る。

（瞬さんがロビーに迎えに来てくれるって言ってたんだよね。時間は……まだ大丈夫。今のうちにメイクと髪をチェックしておこう）

ふと手元を見るとバッグと共に、大輝のおもちゃが入った手提げ袋が握られていた。託児施設に預け忘れ、そのまま持ってきてしまったらしい。向こうにもおもちゃはたくさんあるから大丈夫だとは思うが、今の今まで気づかなかった。

（私、やっぱりかなり緊張してるんだな）

苦笑して化粧室に向かおうとしたそのとき、バッグの中に入れていたスマートフォンが振動し通話着信を知らせる。見ると託児施設名が表示されていた。

驚いた佳純は慌てて通話ボタンを押す。

「岡本です。大輝になにかありましたか？」

すると電話の向こうで息をのむ気配を感じた。

「あの……、岡本様、先ほど、お母様の叔父だという方が見えられて、大輝君を引き取られたのですが」

「……え?」

信じられない言葉に、しばし絶句する。

「ほかの職員が対応したのですが、岡本様が急に倒れて病院に運ばれたから、すぐに連れていく必要があるとおっしゃられていたそうで……まさか」

佳純の様子で、騙《だま》されたとわかったのだろう。電話の向こうで職員が切羽詰まった声を上げている。

(叔父さんが……大輝を連れていった?)

状況を把握した瞬間、背筋が凍る。

「倒れたなんて嘘です! すぐ、すぐに捜してください!」

佳純は思わず大きな声を上げていた。

職員は慌てた様子で、また連絡しますと言って電話を切った。

「叔父さん、なんで……」

突然のことに理解が追いつかない。両足がガクガク震えている。

「お、叔父さんに、電話……」

そう思った瞬間、再びスマートフォンが着信を受けた。番号は、非通知。佳純は迷わず応答ボタンをタップした。

《託児所に子どもを預けてパーティー、いいご身分だな》
こちらが言葉を発する前に耳に入ってきたのは、叔父の声だった。
「叔父さん⁉　大輝は？　今一緒なの⁉」
思わずスマートフォンにかじりつく。
《あぁ、ママのところに連れていくって言ったら素直についてきたぞ。……ほら、ママだ》
《ママ！》
間違いなく大輝の声だ。
「大輝！」
《おじさんにおかし、もらった。ママもくる？》
「大輝、どこにいるの？」
そこで叔父は大輝から電話を取り上げたようだ。
《――とにかく、こいつは預かってるから》
「叔父さんやめて！　大輝を返して！」
《お前がパーティーに出ずにおとなしく家に帰れば、終わった頃に返してやる》
叔父の意地の悪い声が聞こえる。

「なにを言ってるの？　今どこに――」

《警察には言うな。男にもな。託児所には騒ぎにならないようにうまく話しておけ。従えないなら……わかるよな。俺もかわいい姪の息子に手荒なことはしたくない》

「叔父さ――」

そこで通話はプツリと切れた。

「大輝……」

息がちゃんと吸えない。心臓がドクドクと嫌な音を立てている。

（冷静に、冷静にならなきゃ……とにかく、瞬さんに伝えないと）

力の入らない足を動かし、パーティー会場へ駆けだそうとしたとき、こちらに向かってくるスーツ姿の瞬が見えた。

「瞬さん！」

慌てて駆け寄った佳純の表情を見た途端、瞬の顔色が変わる。

「――なにがあった？」

「大輝、大輝が……」

佳純は叔父に大輝が連れ去られたことを伝える。

「なんだと……？」

顔を強張らせ絶句した瞬だったが、すぐに落ち着いた声を出した。

「……何分くらい前の話だ？」

「叔父から電話がかかってきたのが、たった今で……」

佳純は尋ねられるまま細かく状況を説明した。

瞬はうなずき、スマートフォンを取り出し、逆の手で佳純の肩を引き寄せた。安心させるように広い胸に抱きしめられ、やっと体の震えが収まる。

「栗原《くりはら》、俺だ。吉川《よしかわ》を連れてすぐにロビーまで来てくれ」

短い電話で指示を出すと、次は佳純のスマートフォンで託児施設に電話をかける。

「大輝の父です。もう一度大輝が連れ去られた時間と状況を教えてください。それと建物内で子ども連れが行きそうな場所は。……はい。わかりました。これから警察を向かわせますので」

電話を終える頃、瞬の部下と思われるふたりの男性が立っていた。ふたりとも体格がよく瞬より少し年下に見えた。

「息子が連れ去られた」

瞬が彼らに告げると、ふたりの顔に緊張が走った。

瞬は連れ去ったのが母親の叔父であること、大輝の年齢、背格好などの情報を淡々と伝えていく。

「まだそれほど時間は経っていない。男に罪の意識は薄く、嫌がらせが目的だと思われる。おそらく子どもの扱いにも慣れていないため、面倒がって移動せずに商業施設内に留まっている可能性が高い。すぐに施設に連絡して探し出してくれ。建物内に遊具のある広場があるらしいからそこを優先し、ほかにも子ども連れでも不自然ではない場所を重点的に。タクシーを含めて出ていく車もチェックさせろ。見つけたらすぐに確保し、まず俺に連絡を入れるように」

「はい！」

「現場に急行します」

部下たちはすぐにエントランスに向かって駆け出した。

「俺も向かう。佳純はマンションに戻っていてくれ」

歩き出そうとする瞬に佳純は声をかけた。

「私も一緒に行かせてください！」

「……わかった」

心配で居ても立ってもいられない。佳純の切羽詰まった様子に瞬はうなずき、ふたりで駐車場に急いだ。

こんな状況でも瞬は取り乱すことなく車のハンドルを握っている。一方気が気でない佳純は、動揺を抑えるように、膝に置いた手をギュッと握る。

「大輝……大丈夫でしょうか」

「あの子が危害を加えられる可能性は低い。電話でも怖がっている様子はなかったんだろう？」

返ってきたのは落ち着いた声だ。

「はい……」

でもこの瞬間、怖い思いをしているのではないか。万が一の可能性を考えると胸が潰れそうだ。

「金を要求しているわけでもなく、怨恨《えんこん》でもない。さっき言ったように君の叔父さんには罪の意識すらない。さらに言えば、今、佳純をパーティーに行かせたくないという目的は達成されている」

「でも、どうして叔父さんがそんなこと……それに、なんでパーティーのことまで知ってるんでしょうか」

昨日の突然の電話もそうだが、叔父は佳純の情報をなんらかの方法で手に入れている。

「嫌がらせにしても、そんな目的のためにわざわざ大輝を連れ去るなんて。どう考えてもおかしいです」

「……ああ、きっちり聞く必要がありそうだな」

車はほどなく目的地の商業施設に到着する。

大輝を保護した——そう連絡が入ったのは、車を降りてすぐだった。

商業施設のバックヤード、オフィスエリアの会議室の椅子に叔父は憮然《ぶぜん》とした様子で座っていた。

少し離れた場所で大輝がキョトンとした顔で座っている。そばには瞬の部下が立ち、安全を確保してくれていた。

「大輝っ……！」

「あ、ママだ！」

会議室に入ってきた両親を見つけ、ピョンと椅子を降り駆け寄ってきた大輝。

「……よかった……無事で……」

泣きそうになるのをこらえながら、膝をつき、柔らかい体を思いきり抱きしめた。

「……困ったことはなかった？」

「んー、ママにあいたかった。けど、あそんじゃった」

佳純に会わせてもらえると思って叔父についていったが、つい遊んでしまったということだろうか。ともかく、けがもないし、怖い思いもしていなかったようだ。心から安堵の息をつく。

「ご苦労だったな——状況は？」

瞬が部下に問うと、ひとりが報告を始めた。

警察からの連絡を受けた施設側が警備員に捜させたところ、すぐにそれらしき人物が見つかった。いたのは瞬の予想どおり、建物内の遊具広場。部下たちがすぐに確保しここに連行したらしい。

「佳純、警察には連絡するなって言っただろ。おおごとにしやがって」

叔父は椅子に座ったまま佳純を睨みつけてくる。

「叔父さん……」

四年前より老けて見えたが、神経質そうな顔つきと姪に向ける冷たい視線は相変わらずだった。

瞬は叔父に視線をやったかと思うと、部下たちに向き直った。

「世話をかけたな。この件は俺に預からせてくれ。内々に処理をする。施設側との申し送りがすんだら君たちは会場に戻ってくれ」

瞬の口ぶりで他言無用だというのを理解したのか、部下たちはうなずき「失礼します」と頭を下げると、すぐに会議室を退出していく。

(お礼を言うタイミングがなかった……)

終始、行動が速く理解力も高い。きっと彼らはエリート捜査官で、瞬の腹心なのかもしれない。

部下たちの姿がなくなると瞬はテーブル越しに叔父の向かい側に座った。

「直接お会いするのははじめてですね。岡本正志さん。私は警視庁に勤務しております鮫島瞬といいます。最近佳純さんと婚約させていただきました」

「警視庁……?」

叔父の顔色が悪くなる。ようやく瞬の職業に気づいたらしい。

声は抑えているものの、瞬の視線は見たこともないくらい冷たく、瞳は底知れぬ怒りと迫力を湛《たた》えていた。

目の前の男のただならぬ雰囲気に、叔父は明らかに狼狽《ろうばい》している。

「パパー、まだここにいるの?」

「ちょっとこのおじさんとお話しするだけだ。すぐ終わるから」

大輝に問われ、瞬は優しく返事をする。

「大輝、ママのお膝においで」

手を伸ばすと、大輝は素直に抱き上げられた。甘えるように胸に顔を押しつけてきたのは、眠いときのサインだ。佳純は少し離れた椅子に座り、瞬と叔父との会話を見守ることにした。

「警察官の息子を誘拐するなんて、ずいぶん大胆ですね」

瞬は再び叔父に視線を向ける。

「お、俺は佳純の叔父だ。姪の子どもを連れ出してなにが悪い！　罪にはならないはずだ」

叔父は慌てたように身を乗り出す。

「ああ、なるほど。そういう浅はかな考えで、こんなバカなことをしたんですね。それは違います。監護者である保護者の同意なく連れ去ると、状況によっては実の親だろうと未成年者略取・誘拐罪に問われるんですよ」

「ゆ、誘拐罪……？」

「しかもあなたは託児施設に嘘をついて大輝を連れ出している。かなり悪質だ、懲役刑は免れないかもしれない」

叔父は言葉を失い、真っ青になっている。本当に深く考えていなかったらしい。

「頼む、見逃してくれ！ 佳純が連絡もせずいなくなっちまったから、ちょっと腹が立って驚かしてやろうと思っただけなんだ。佳純の恋人が警察官だなんて知らなかったんだよ」

叔父はテーブルに頭をこすりつけた。

一瞬の間のあと、瞬が口を開いた。

「誰に指示されたんですか？」

「え……」

叔父は顔を上げ、虚をつかれた顔をしている。

「これはあくまで予想ですが、四年前、あなたに横領の嘘をつかせ、今日は佳純をパーティーに出席させないように指示した人間がいたのでは？」

（え、横領の話自体、誰かの指示でついた嘘だったの？）

考えもしなかった話に佳純は目を瞬かせる。

「佳純の電話番号もパーティーがあるのも、その人物から情報提供されたんでしょう？ でも相手は自らの素性も、佳純の恋人の職業も知らせなかった」

核心をつかれたのか、叔父は黙り込んでしまった。

「電話で呼び出して脅すのがうまくいかなかったら、パーティー当日に大輝を連れ出すようにあらかじめ指示されていた。だからあなたは、状況提供を元にマンションを訪れ、佳純のあとをつけた」

　叔父はなにも言えないまま瞬の話を聞いている。

「おそらく金目的。四年前はうまくいったかもしれない。でも、今の時点であなたは失敗してる。金は一銭も手に入りませんよ」

「一銭も……」

「そう。依頼主はこの先一切あなたの金ヅルにはなりません——私がさせませんから」

　大輝に不安を与えないためなのか、瞬はまるで世間話でもしているような口調だ。しかし穏やかな雰囲気のまま少しずつ追い詰めていく様は逆に恐ろしい。犯人を尋問するとき瞬はこういう感じなのかもしれない。佳純はついそんなことを考えてしまった。

　とうとう観念したのか、叔父はがくりと頭を下げて話し始めた。

「あのときは実際、ギャンブルにつぎこんで金はなかったんだ。困っていたら急に声をかけられて……佳純とその恋人を別れさせたい、嘘をつけば金をくれるって言われて飛びついた。今回も突然連絡が来て、佳純をパーティー会場に来られないようにしたらあのときの倍くれるって言うから……」

「そうですか」

瞬は表情を変えずにうなずき、取り出したスマートフォンである人物の顔写真を表示した。

「声をかけてきたのは、この人物ですか？」

佳純は大輝を抱いたまま腰を上げ、瞬の横に立った。画面を覗き込んで思わず目を見開く。

「え、この人……」

「あ、ああ。間違いない」

叔父は画像を見て、コクコクうなずいた。

すべて話した叔父は、気まずそうに俯いている。なぜか佳純は怒りも責める気持ちも起こらなかった。ただ虚しくて、悲しいだけ。

叔父になにか期待してたわけではないが、やはり自分のことしか考えられない人だった。

仕事で成果が出せないまま閑職に追いやられ、妻にも逃げられ離婚したと聞いてもなんの同情もできなかった。

「あなたのしたことは犯罪だ。しかし今回だけは公にしない。こちらでおさめておきます」

「そ、そうか！　助かる」

瞬の言葉に叔父はあからさまにホッとした顔をする。

「佳純、行こうか」

「あ……はい」

瞬に促され、佳純は大輝を抱き直す。大輝はいつの間にかすっかり眠ってしまっていた。

叔父になにか言ったほうがいいのかと思ったが、心が塞いでなにも言葉が出てこない。

すると瞬が叔父の横に立ち、座ったままの叔父の胸倉を掴んだ。ガタンと椅子が倒れる音と共に叔父が情けなく腰を浮かせた。

「最後まで佳純にひと言も謝罪がなかったな。――謝れ。そして二度と佳純に関わるな。次になにかしたら俺は、あらゆる手をつかってお前を社会的に消す」

地を這うような声で凄んだ瞬の表情を見て、叔父は「ヒッ」と小さく悲鳴を上げた。

「か、佳純、すまなかった！　もう一切連絡しないし電話番号も消すから」

瞬が手を離すと、叔父は逃げるようにその場を立ち去っていった。

その後ろ姿を睨みつけながら、瞬は「後日、一筆書かせる」と呟いていた。


そのあと、託児施設に連絡を取ると、責任者が真っ青な顔をして駆けつけてきた。

通常は登録された人にしか子どもを引き渡さないのだが、対応した職員が勤め始めたばかりで、叔父の嘘に気が動転してしまったらしい。土下座する勢いで謝罪された。

二度と間違いがないようにと伝え、責任は問わないことにした。

大輝にはこれからは知らない人に付いていかないよう、しっかり教えるつもりだ。

そして今、佳純は瞬と共にパーティー会場になっているバンケットルームにいた。

託児施設に預ける気にはならず、目を覚ました大輝も連れてきた。

佳純にはどうしてもこの場で対峙しなければいけない人がいた。

すでに会の時間は半ばを過ぎていたが、あれだけいろいろあったのに、間に合ったことに驚く。それだけ解決が速かったからだろう。今さらながら瞬の冷静で迅速な行動に感心する。

来場者はきっちりしたスーツ姿の男性がほとんどで、夫人とおぼしき女性たちは自分より年配の人が多いようだ。

それぞれが食事をしたり談笑をする中、まず瞬は佳純を会場前方のテーブルに連れていく。そこには田端警視の写真が飾ってあった。

「すごく、優しそうな方ですね」

スーツを着て笑顔を向ける田端は、凶悪犯罪に立ち向かっていたとは思えないほど柔らかな顔つきをしている。人懐っこそうな表情は佳純の亡くなった父にも少し雰囲気が似ている気がした。

「こう見えて、捜査では鬼のように厳しい人だった。容赦なく鍛えられたし、いろいろなことを教えられた」

瞬も隣で懐かしそうな表情を浮かべている。

「……田端さん、はじめまして」

佳純は小声で挨拶をする。

（田端さんがきっかけで瞬さんと知り合うことができました。ありがとうございます。ここまでいろいろあって、これからも大変そうですけど頑張ります。今度お墓参りも行かせてください）

心の中で感謝を伝えていると、後方から男性の声がした。

「かわいいお客さんを連れて、誰のご家族かと思ったら鮫島警視正か」

そこには五十代後半くらいの誠実そうな男性が、夫人と思われる上品な着物姿の女性と立っていた。

「中島《なかじま》警視総監」

瞬の言葉に佳純はギョッとする。

（けいしそうかん……警視総監！）

「婚約者の岡本佳純さんと息子の大輝です」

部下である瞬はさらりと自分たちのことを紹介してくれたが、日本の警察官の最高位である警視庁のトップを前に佳純の緊張は最高潮だ。

「あの、はじめまして。鮫島さんの、つ……妻になる予定の岡本佳純と申します」

自分でも、なにを言っているのかわからない。ガチガチになる佳純に、総監はうむとうなずく。

「彼は優秀な警察官だ。これからも期待しているから、妻としてしっかり支えてやってください」

「は……はい！」

「もう、あなたそんな硬い言い方したらダメよ、今の若い人は〝妻として〟なんて言ったら古臭いって敬遠されちゃうわ」

隣に立った夫人に窘められ、総監は「そういうものか」と頭をかいている。どうやら警視総監も夫人には弱いらしい。

「そんなことないです。妻として精いっぱい頑張ります」

「うふふ、それならいいけど、そういえばこのお花、あなたが生けてくださったものなんですってね」

夫人は田端の写真の横に飾られた生花のアレンジに視線を移した。

「えっ……はい、実は」

たしかに、このアレンジを作ったのは佳純だ。

今朝《けさ》花屋であらかじめ注文しておいた花材を受け取り、自宅でドーム型のアレンジを作った。テーブルに飾るのにちょうどいい大きすぎないサイズで、瞬に頼んでここに持ち込んでもらっていたのだ。

場の趣旨を考えて派手にはせず、ころんとした形の白い菊やアルストロメリア、グリーンもふんだんに使い、優しい雰囲気に仕上げた。

アレンジを作るのは久しぶりだったが、作業はとても楽しかった。やっぱり花と向き合うのが自分は好きだと実感した。

「お写真の横に飾っていただけたらと思いまして。それに田端さんの奥様もいらっしゃると伺ったので、よければお持ち帰りいただけたらなと……出すぎた真似をしたかもしれません」

自分が作ったと言うつもりはなかったのだが、どうやら瞬が触れ回っていたようだ。その証拠に横で彼は含みのある笑みを浮かべていた。

「出すぎたことなんてないわ。それにしてもセンスがいいわね」

「いえ、そんな」

夫人の褒め言葉に恐縮していると瞬に肩を引き寄せられる。

「彼女は元フローリストで、腕もセンスもたしかなんです」

「しゅ、瞬さん……」

「あらまあ、鮫島さんたら彼女にデレデレなのね」

「庁舎で私に進言してくるときの恐ろしい顔と、ずいぶん違うじゃないか」

そう言って夫妻は朗らかに笑った。

ひとしきり歓談し、大輝にも構っていただいたあと夫妻はほかに場所を移した。

その後も何人かの幹部と顔を合わせ挨拶する。今のところ皆好意的で、佳純はひとまず胸を撫でおろす。しかし、大輝のほうは大人ばかりの場に早くも飽きてしまったようだ。

「つかれたー」

その場に座り込んでしまった大輝を見て瞬が声をかける。

「大輝、なにか食べるか？」

「んー」

機嫌が悪くなってしまったようで、大輝はグズっている。

「大輝が食べられそうなもの少し取り分けてくるか。佳純、そこの椅子に座って待っていてくれ」

「そうですね、お願いします。大輝あっちでお座りしようか」

佳純が大輝を抱き上げたとき、背後から声がした。

「鮫島、ここにいたのか」

年は瞬と変わらないくらい、短髪でガッチリした体形のその男性を見て、瞬は「いいところに来た」と手招きする。

「波多野、少しの間彼女たちを頼む。佳純、こいつは俺の同期だ」

「いきなりなに、しかも雑な紹介。あ、俺、波多野っていいます。鮫島とは長い付き合いです」

「岡本佳純です。よろしくお願いします」

爽やかに笑う波多野に佳純も慌てて頭を下げた。

瞬を見送り、佳純たちは会場の隅に並んだ休憩用の椅子に座った。大輝は足をぶらぶらさせながら手提げからパトカーのおもちゃを取り出している。

気さくな雰囲気の波多野は話しやすく、瞬の同期ということもありすぐに佳純も打ち解けた。

「急に婚約して、三歳の子どももいるなんて上に報告したもんだから、皆興味津々だったんですよ」

「ですよね……」

それは佳純も思っていた。客観的には連れ子のいる女と結婚する形になるのだ。いろいろ詮索されるのではないかと。でも、瞬はまったく気にしないと言っていた。

「このパーティー、家族の出席も可にしたの、鮫島なんですよ」

「瞬さんが……」

「そう。きっと、ここにあなたを連れてきて、認めさせようと思ったんですよ。でも、たしか連れてくるのは佳純さんだけだって聞いていたけど」

波多野は大輝に目線をやった。

「その、いろいろありまして……」

佳純が言い淀むと波多野は「そうですか」と受け流してくれた。

「でも、かえってよかったんじゃないですか？　こんなに鮫島に似ている大輝君を見たら、あなた方にとやかく言う気にはならないでしょう。あいつのＤＮＡの勝利ですね」

波多野の言い方に佳純は思わず吹き出した。

「ふふ、遺伝子レベルってすごいですね」

たしかに大輝を連れてきたのは結果的によかったのかもしれない。

(今のところ皆さん優しいし、大輝のことも瞬さんにそっくりでかわいいって褒めてくださってるから、大丈夫なのかな)

遠くのほうに瞬の姿が見える。誰かと立ち話をしているようだ。

「あーっ」

膝の上で遊んでいたおもちゃのパトカーが転がり落ち、大輝が声を上げた。

「あら、落ちちゃったね」

佳純は腰を上げ、滑っていったパトカーを屈んで拾い上げる。顔を上げたそのとき、鋭い視線が自分を捉えていることに気づいた。

「……斉藤さん」

そこには芹那が立っていた。そして、彼女こそ佳純が対峙しなければいけない相手だった。

「鮫島、呼んできますか？」

大輝にパトカーを手渡してやっていると、波多野が小声で言った。

「いえ」

佳純は小さく首を横に振り、大輝を庇うようにして芹那の正面に立った。悪意を子どもの視界に映したくなかったからだ。

それほどに芹那の顔つきは、驚きと憎しみに満ちたものだった。

「……なんで、あなたがここにいるのよ？」

周囲に聞こえないようにするためか、芹那の声は抑えられている。彼女の着ているグレーのスーツは高級なはずなのに、顔色を悪く見せているような気がした。

「斉藤さん、もともとあなたと瞬さんとの結婚話はなかったんですね。フランスにも同行していない。なぜあんな嘘をついたんですか？」

佳純はなるべく感情的にならないように自らに言い聞かせていた。

「鮫島警視正のためよ。あなたといるより私といるほうが、彼のためになるに決まっているから！　あなたこそ、なんで私の言うことを聞かないの？」

芹那は蔑むような表情で詰め寄ってきた。

「愛する人と一緒にいたいからです」

佳純はしっかり芹那の目を見返した。すると芹那の顔は醜く歪む。

「いい気にならないで。鮫島警視正が可哀想よ。あなたと結婚する羽目になりそうなのは子どもができたからよ。子どもを利用して卑怯《ひきょう》だと思わないの？」

「そんなことありません。彼は私を息子ごと愛してくれています」

今なら胸を張れる。再会からこれまで、彼から注がれた思いやりや深い愛情を、佳純は少しも疑っていなかった。

「と、とにかくあなたじゃ彼の妻は務まらないわ。今からでもいいわ、すぐに彼の前から消えなさい！」

一歩も引かない佳純に焦り、周囲を慮《おもんぱか》れなくなったのか、芹那の声は大きくなっていた。佳純は「嫌です」と低く返す。

「瞬さんと別れたこと、今でも後悔しています。彼が息子の成長を見る機会を奪ってしまったから」

あのとき佳純は芹那の言葉に追い詰められた。けれど別れを決めたのは自分で、責任も自分にある。

「でも、過去に囚われるのはやめました。これからは瞬さんと家族として前に進みます。あなたもいつまでも彼に執着しないで前を向いたらどうですか？」

「な……っ」

ここまではっきり言い返されると思わなかったのだろう。毅然《きぜん》とした佳純の態度に芹那は言葉を失っている。

しかし、佳純はこれで終わりにしようとは思っていなかった。

「斉藤さん、四年前叔父にお金を渡して嘘をつかせたのは、あなただったんですね」

叔父は瞬のスマートフォンに映し出された芹那の顔写真を見て、間違いないと認めていた。これまでのことすべて、裏で動いたのは彼女だったのだ。

「私に叔父が横領していると思い込ませて身を引かせた。今回は私の電話番号を入手して叔父に教え、パーティーに出席できないようにしようとした。私が一番許せないのは子どもを巻き込んだことです」

瞬に佳純と結婚すると聞かされた芹那は、調査会社に瞬のあとをつけさせ、佳純の居所を掴んだ。直接脅しに行ったものの、このパーティーに佳純が出席するのを知り、再び叔父を利用することにしたのだろう。佳純の電話番号を入手して叔父に提供、佳純を来させないために大輝を連れ出すよう指示したのだ。

芹那はピクリと体を揺らした。

「し、知らないわ。叔父だかなんだか知らないけど、その男が嘘をついているだけじゃないの。被害者顔するの、やめてもらえないかしら」

芹那は頑として認めようとはしない。

「——いや、残念ながら嘘ではなかったよ、斉藤主任」

そこにはっきりとした声が響く。瞬だ。

「さ、鮫島警視正」

目を見張った芹那は、瞬のうしろに立つ人物を見てさらに息をのんだ。

「……お父さん、お母さん」

どうやら瞬は芹那の両親、斉藤副総監とその夫人を伴って戻ってきたらしい。副総監の顔は硬く夫人の顔色も悪い。

「おー、やっときたか」

波多野が小声で安堵の声を漏らした。

瞬は佳純に笑いかけたあと、スッと表情を引きしめた。

「先ほど副総監と奥様に事情をお話しして、証拠も見ていただいた」

「しょ、証拠？」

「君が利用した男が協力的でね。斉藤主任の顔写真を見せたら間違いないと言っていた。スマートフォンでのやりとりも全部残していたよ。メッセージを画像にしておいたが、君も確認するか？」

「……消すように言っておいたのに」

しばらくの沈黙のあと、観念したのか芹那は憎々しげに吐き捨てる。

「鮫島警視正のためだったんです！　こんな女、将来警察のトップに立つあなたにふさわしくない。私のほうが釣り合いが取れるに決まってる！」

開き直り声を荒らげる姿は、上品で賢いイメージの彼女とかけ離れたものだった。

それに反して瞬は余裕の笑みを浮かべた。まるでおもしろい話を聞いたかのように。

「俺のほうが、彼女にふさわしい男になれるように必死なのに？」

「えっ」

絶句する芹那をよそに瞬は佳純の横に立ち、腰を引き寄せた。

「過去もこれからも、俺にとって佳純が唯一の女性だ」

「瞬さん……」

こんな状況なのに、うれしいやら恥ずかしいやらで頬が熱くなってしまう。

「芹那、いいかげんにしなさい。お前のやったことは嫌がらせを超えている」

父親に低く一括され、芹那はとうとう押し黙ってしまった。いつの間にか賑やかだった会場はこちらを窺うように静まり返っている。

そのときだった。

「え、大輝？」

突然大輝が椅子から飛び降り、大人たちの間に分け入ってきた。佳純は慌てて止めようとしたが間に合わず、彼は芹那を見上げるように立った。

「おこってばっかりは、ビリビリマン！」

「……え？」

いきなり言い放たれ、芹那はポカンとしている。

日本人なら大人でも知っている国民的幼児向けアニメのビリビリマンは敵役のキャラクターで、人の食べ物を取ったり物を壊したりいじわるをするのだ。最終的にはいつもヒーローのマンマルマンにやっつけられる。

大輝がヘソをまげてわがままを言ったとき「怒ってばっかりいるとビリビリマンになっちゃうよ」と窘めたことがある。

（そ、そうか、大輝は斉藤さんがずっと怒ってると思ったんだ）

正直、金切り声を上げて目を三角にしている芹那の様子は似ていなくもない。視界の端に波多野が笑いをこらえているのが見え、焦った佳純が抱き上げようとしたとき、大輝が胸を張った。

「いじわるしたら、ごめんなさいだよ」

「大輝……」

佳純は思わず動きを止めた。芹那は未だになにを言われたかわからない顔をしている。

「そうだな、大輝の言う通りだ」

周囲が静まり返るなか、口を開いたのは瞬だった。

「まずは、佳純に謝ったらどうだ。謝罪の気持ちもない人間にかける情けはない。俺は庁内でどんなに立場が悪くなろうと、君のやったことをひとつ残らず公にする」

容赦ない言葉に芹那の肩が震えた。

「……ご、ごめんなさい……」

聞こえるか聞こえないかくらいのか細い声。それでも芹那は佳純に向かって頭を下げたのだった。

「はぁー、いろいろありましたね」

夕刻、マンションに帰宅した佳純は部屋着に着替え、ソファで脱力する。肺の空気をすべて出す勢いで溜息をついていると、バスルームから戻ってきた瞬が苦笑しながら隣に腰を降ろした。

「本当にいろいろあったな、疲れただろう」

「正直、すごく疲れましたけど、無事終わってよかったです」

あのあとすぐ、芹那は斉藤副総監と夫人に連れられて会場を去り、パーティーはなにもなかったかのように和やかに進んだ。

好物の唐揚げやジュースで機嫌が直った大輝は、たくさんの大人たちに愛嬌を振りまいていた。結果、今は電池が切れたように子ども部屋のベッドで寝てしまっている。

「でもせっかくの田端さんの会だったのに、お騒がせして申し訳なかったですね」

「まあ、奥さんも気にするなと言ってくれていたし、いいんじゃないか」

田端の妻に謝罪したのだが、逆にいいものを見せてもらったと笑われた。どうやらあのときの一部始終を見られていたらしい。

『人食い鮫も嫁さんにはデレデレなんだなーって、あの人もニヤニヤしてますよ』

生花のアレンジは『リビングに飾らせてもらいます』と、とても喜んでくれた。

（それにしても、あのあとはいたたまれなかったな）

今さらながら佳純は恥ずかしくなる。田端の妻だけではなく多くの人たちにあのシーンを見られてしまっていたようで、会う人会う人に冷やかされたのだ。

波多野は『庁内中、妻と息子を溺愛している鮫島警視正の噂《うわさ》で持ち切りになるなー』と楽しそうに笑っていた。

「しかし、いいところを全部大輝に持っていかれたな」

瞬はソファに背中を預けて目を細める。

「たしかに、大輝にはびっくりしましたけど……瞬さんも、ちゃんと言い切ってくれてカッコよかったです。その、私のこと」

「唯一の女性だって？」

「は、はい……」

「まぎれもない本心だから」

瞬は腕を回し佳純の肩を引き寄せた。入浴後の高い体温を心地よく感じながら、佳純は彼の逞しい胸に上半身を預ける。

「斉藤主任に一歩も引かない佳純もカッコよかった」

「あのときはなんだか夢中で……」

芹那に負けたくない一心だった。でも今考えてみると、彼女というより過去の弱い自分に負けたくない、決別したいと思ったのかもしれない。四年前の自分は逃げる選択しかできなかったから。

「でも、言うだけ言ったらすっきりしました。もういいかなって」

芹那、そして叔父も自分とはもう関係ない。不思議なほど、どうでもいいと思えた。

すると肩を乗った掌に力が籠った気がした。

「……そうだな。これからは前だけ見ていこう」

「瞬さん……」

低く静かな声色に彼の気持ちが透けて見える気がした。これまで佳純は過去の別れに囚われてきた。もしかしたら瞬も同じように後悔や葛藤があったのかもしれない。

「はい、一緒に進んでいきましょう」

でも今はふたりとも家族として共に進む未来しか見ていない。

瞬は佳純の頬に手を伸ばし、愛おしげに撫でた。

「必ず幸せにする」

ゆっくり彼の顔が近づいてくる。幸せな気持ちに満たされながら佳純は目を閉じた。

愛してる。唇が重なる瞬間、最愛の人はそう呟いた。

エピローグ

「おー鮫島、もうお帰りか」

鞄《かばん》とコートを手に廊下を歩いていると同期が緩い調子で声をかけてきた。

「ああ、お疲れ。悪いがお前と世間話をしている暇はないぞ」

例によって波多野は横並びで付いてきたが、瞬は速度を変えずにエレベーターホールへ進む。

「少しでも早く帰りたいって顔して。人食い鮫も奥さんには形なしだな。あー温かい家庭があるお前が羨ましいよ。俺なんて一日中むさ苦しい二課の男連中にもみくちゃにされて、疲れて帰ってもひとりなんだよ。可哀想だろう？」

わざとらしくさめざめと泣くふりをしている波多野。難しい事件が続き疲れているのだろう。瞬は軽く溜息をついた。

「お前もさっさと結婚すればいいだろう」

「忙しすぎて彼女を作る暇がないんだよ。そんなこと言うなら誰か紹介してくれよ」

瞬はぴたりと足を止めた。イケメン警察官を紹介してくれと言った佳純の親友の顔が頭に浮かんだからだ。

「急にどうした？」と驚いている同期の顔をまじまじと見る。

「まあ、イケメンと言えなくもないか」

「え、どういうこと？　もしかして、心あたりの女性がいたり？」

波多野はパッと表情を明るくする。

「……いない」

「いや、絶対いるって顔だったぞ？」

悪い奴ではないが、一癖あるこの男を安易に紹介して柚希が困ったことにでもなったら佳純が悲しむ。それは避けたい。

「とにかく俺は帰る、じゃあな」

「なんだよ、まったくお前は……まあいい、奥さんによろしくな！」

「ああ」

やれやれといった顔の同期に手を上げ、エレベーターに乗り込む。佳純に少し相談するくらいならいいかと思いながら瞬は庁舎をあとにした。

パーティーから一カ月、瞬の周辺はやっと落ち着いてきたところだった。

芹那は父親に命じられ退職していった。どちらにしてもあのような醜態をさらして働き続けることなどできなかっただろう。斉藤副総監からは後日謝罪があった。

『娘を甘やかしすぎた。本当に申し訳ない』

二度と瞬や佳純たちに関わらないことを条件に、芹那のしたことは公にはしないことにした。副総監は責任を持って監視すると言っていたので、頃合いを見て、どこかに嫁がせるつもりかもしれない。

(俺はまだ許せていないが、佳純がこれ以上責めなくていいと言ったから仕方ない)

苦々しい気持ちで瞬は車を走らせる。

(あの男も、実の姪に対してあんな仕打ちをするなんて到底理解できない。したくもないが)

佳純の叔父は実家の法律事務所に呼び出し、弁護士の兄同席のもと二度と佳純に近づかないと一筆書かせた。あの男は肩書や権力に弱いタイプのようで、かなりの効果がありそうだ。万一近づいてきたら全力で排除するつもりでいる。

芹那と叔父のことは、もうどうでもいいと気にしていなかった佳純だが、瞬の実家に挨拶に行くときはかなり緊張していた。

(心配ないとあれほど言っておいたのに。まあ、ガチガチになっている佳純もかわいかった……なんて言ったら怒られるか)

瞬は事前に、両親と兄に佳純と大輝の存在を報告していた。全員一様に驚き呆れ、激怒した――瞬に対して。

『妊娠した恋人を放って海外に行くなど、知らなかったじゃすまされないぞ！』

『ひとりで子どもを産んで育てるのは、どんなに大変だったか』

特に両親は佳純に同情し、母など泣き出してしまう始末だった。

そんな背景があったので、佳純の顔を見るなり両親は『うちの愚息が』と謝り倒していた。予想外の対応に、佳純は『私が勝手にしたことで瞬さんは悪くありません』と瞬を擁護するのが大変な様子だった。それを微笑ましく見守っていたらさらに両親に怒られたが。

そもそも、家柄や釣り合いなど気にする人たちではない。

『今まで大変な苦労をしてきたと思います。これからは瞬、そして私たちもいる。家族としてなんでも頼ってください』

父にそう言われた佳純は、『はい』とうなずきながら涙をこぼしていた。

もともと物怖じしないタイプの大輝はあっという間に両親に懐き、両親もデレデレだ。『かわいかった頃の瞬が帰ってきたみたい』とそれはもうかわいがっている。

兄夫婦や姪との対面もすませ、佳純は彼らともいい関係を築きつつある。

引っ越しが無事完了し、婚姻届を提出したのが約二週間前。晴れて自分たちは夫婦になった。

婚姻届の署名欄記入は瞬の父、そして佳純のたっての願いで柚希にお願いした。

引っ越し当日、山谷家は総出で見送ってくれた。すっかり涙もろくなってしまった佳純は柚希と抱き合って泣いていた。琉生は大輝の頭を撫で『また遊ぼうな!』と明るく送り出してくれた。

恩人の彼らには、これからも大輝の成長を見せに行きたいと思っている。

(あとは結婚式だな。佳純は遠慮していたが俺の気がすまない。なるべく早く計画を立てよう)

瞬はハンドルを切り、小さなフラワーショップの前で停車した。

そろそろキッチンカウンターに飾ってある花が萎れそうだと思い出したからだ。

再会後、佳純のアパートに通っていた頃、瞬は彼女に花を贈り続けた。花束では負担になると考え一輪だけ。『花を見て機嫌が悪くなる人はいない。一輪あるだけで人の心を和ませられる』と言っていた佳純の父にあやかりたいのもあったが、花が咲いている間は瞬の存在を意識してもらえるのではという思いもあった。

結婚した今も、花屋を目にすると佳純のために買って帰りたくなる。

店内で瞬は妻の顔を思い浮かべながら何本かの花を選び、花束にしてもらう。この店は何度か来ているので店員も慣れたものだ。

(田端さんの墓参りのため立ち寄ったフラワーショップで佳純と出会い、今は佳純のためにこうして花を選んでいる。不思議な感覚だな)

佳純の元職場だったフローリスト　・デ・パールは今も変わらず営業しており、店長も変わっていないようだ。佳純は突然辞めてしまったのを今でも申し訳なく思っているようなので、近々大輝を含めた三人で挨拶に行くつもりでいる。

(佳純も無理のない範囲で仕事を再開しても構わないしな)

パーティーで飾ったアレンジが評判になり、警視総監夫人を始め数名の女性に自宅用に注文できないかと打診されたこともあった。佳純はブランクが長いのでお金をもらうわけにはいかないと丁重に断っていたが、花への愛情や熱意は変わらずあるようだ。

(将来、自宅でアレンジ教室を開いてもいい。それ前提で家を建てれば可能だな)

幸せな想像をしながら瞬はラッピングを受け取り、再び自宅に向かって車を走らせた。

「ただいま」

マンションに着いて玄関のドアを開けると、夕食のいいにおいが鼻をくすぐる。同時にトタトタと軽快な足音が近づいてきた。

「パパ！　おかえりなさい」

「ただいま大輝、いい子にしてたか？」

「うん！　いいこだったよ」

元気よく駆け寄ってきた息子を抱き上げる。四月から幼稚園への入園が決まっている大輝は再会したときより体重が増え背も伸びた。こうして成長を実感できる幸せな日々を瞬は改めて噛みしめる。

「瞬さん、おかえりなさい。お疲れ様でした」

少し遅れてエプロン姿の佳純がやってきた。彼女の左手の薬指には、瞬とお揃いの真新しい指輪が光っている。明るい表情に迎えられ、仕事の疲れが一気に解けた。

「ただいま。佳純、これ飾ってくれるか」

大輝を片腕で抱いたまま差し出したのは、ピンクのスイートピーがメインの優しい色味の花束。

「かわいい……ありがとうございます」

目を丸くしたあと佳純はふんわりと笑みを深めた。まるで花が綻ぶかのように。

佳純のこの顔見たさに、自分はこれからもなんでもない日に花を贈り続けるだろう。

(今年の秋は親子三人であのコスモスを見に出かけよう。きっと大輝も喜ぶ)

黄色に輝く丘に思いを馳せながら、瞬は最愛の妻の頬にそっとキスを落とした。

END

あとがき

森野りもです。今作を手に取っていただき、誠にありがとうございました！

初挑戦のシークレットベビー、いかがでしたでしょうか。難しいテーマに私なりに正面から向き合い書き上げたので、少しでも楽しんでいただけていたらうれしいです。

佳純の境遇が可哀想で、誰だこんな設定にした奴、早く幸せにしろ！と心の中で悪態をつきながらパソコンに向かっておりました。

ヒーローの職業が警察官というのもはじめて。

警察官僚というと湾岸方面の某テレビシリーズ、インターポールといえば、某アニメの警部しか思い浮かばなかった私、相当調べました。警視庁、警察庁、各部署の役割、役職、キャリア、ノンキャリア……おかげでかなり詳しくなった気がします。これからは警察が舞台のドラマや小説の見方も深まりそうです。

瞬は今まで書いてきたヒーローの中で、一番まともで一途な男になったのではないでしょうか。これからは愛する奥様に支えられ、じゃんじゃん昇進し日本の治安を守っていただきたいと思っています。

本編ではふれられませんでしたが、結婚式は瞬のたっての希望でしっかり挙げます。そこで彼は儀礼服（警察官の正装）を着用します。なぜなら、私があのタイプの制服に目がないからです。

その後、大輝に妹ができます。花にちなんだかわいい名前を付けることでしょう。

今回表紙イラストを担当いただいたのは御子柴リョウ先生です。佳純が大輝ごと瞬に捕まっている構図が最高、イケメンパパと同じ髪型の大輝がかわいすぎて悶え転がりました。御子柴先生、美麗でキュンとするイラストをありがとうございました！

最後に、今作刊行にあたり関わって下さったすべての方に心からお礼申し上げます。

そして、読んでいただいたあなたに特大の感謝の花束を。ありがとうございました！　またお会いできますように。

森野《もりの》りも

森野りも先生への
ファンレターのあて先

〒104-0031
東京都中央区京橋1-3-1
八重洲口大栄ビル7F
スターツ出版株式会社　書籍編集部　気付

森野りも先生

本書へのご意見をお聞かせください

お買い上げいただき、ありがとうございます。
今後の編集の参考にさせていただきますので、
アンケートにお答えいただければ幸いです。

下記URLまたは二次元コードから
アンケートページへお入りください。
https://www.ozmall.co.jp/enquete/IndexTalkappi.aspx?id=2301

別れた警視正パパに見つかって情熱愛に捕まりました

2024年12月10日　初版第1刷発行

著　者　森野りも
©Rimo Morino 2024

発行人　菊地修一

デザイン　hive & co.,ltd.

校　正　株式会社鷗来堂

発行所　スターツ出版株式会社
〒104-0031
東京都中央区京橋1-3-1　八重洲口大栄ビル7F
TEL　03-6202-0386（出版マーケティンググループ）
TEL　050-5538-5679（書店様向けご注文専用ダイヤル）
URL　https://starts-pub.jp/

印刷所　大日本印刷株式会社

Printed in Japan

乱丁・落丁などの不良品はお取替えいたします。
上記出版マーケティンググループまでお問い合わせください。
定価はカバーに記載されています。

ISBN 978-4-8137-1674-7　C0193

ベリーズ文庫 2024年12月発売

『覇王な辣腕CEOは取り戻した妻に熱烈愛を貫く【大富豪シリーズ】』紅《くれない》カオル・著

香奈は高校生の頃とあるパーティーで大学生の海里と出会う。以来、優秀で男らしい彼に惹かれてゆくが、ある一件により、海里は自分に好意がないと知る。そのまま彼は急遽渡米することとなり――。9年後、偶然再会するとなんと海里からお見合いの申し入れが⁉　彼の一途な熱情愛は高まるばかりで…！

ISBN 978-4-8137-1669-3／定価781円（本体710円＋税10%）

『双子の姉の身代わりで嫁いだらクールな氷壁御曹司に激愛で迫られています』若《わか》菜《な》モモ・著

父亡きあと、ひとりで家業を切り盛りしていた優羽。ある日、生き別れた母から姉の代わりに大企業の御曹司・玲哉とのお見合いを相談される。ダメもとで向かうと予想外に即結婚が決定して⁉　クールで近寄りがたい玲哉。愛のない結婚生活になるかと思いきや、痺れるほど甘い溺愛を刻まれて…！

ISBN 978-4-8137-1670-9／定価781円（本体710円＋税10%）

『孤高なパイロットはウブな偽り妻を溺愛攻略中～ニセ婚夫婦⁉～』未《み》華空《はなそら》央《お》・著

空港で働く真白はパイロット・遥がCAに絡まれているところを目撃。静かに立ち去ろうとした時、彼に捕まり「彼女と結婚する」と言われて⁉　そのまま半ば強引に妻のフリをすることになるが、クールな遥の甘やかな独占欲が徐々に昂って…。「俺のものにしたい」ありったけの溺愛を刻み込まれ…！

ISBN 978-4-8137-1671-6／定価770円（本体700円＋税10%）

『俺の妻に手を出すな～離婚前提なのに、御曹司の独占愛が爆発して～』惣領莉《そうりょうり》沙《さ》・著

亡き父の遺した食堂で働く里穂。ある日常連客で妹の上司でもある御曹司・蒼真から突然求婚される！　執拗な見合い話から逃れたい彼は1年限定の結婚を持ち掛けた。妹にこれ以上心配をかけたくないと契約妻になった里穂だったが――「誰にも見せずに独り占めしたい」蒼真の容赦ない溺愛が溢れ出して…!?

ISBN 978-4-8137-1672-3／定価792円（本体720円＋税10%）

『策士なエリート御曹司は最愛妻を溢れる執愛で囲う』きたみ まゆ・著

日本料理店を営む穂香は、あるきっかけで御曹司の悠希と同居を始める。悠希に惹かれていく穂香だが、ある日父親から「穂香との結婚を条件に知り合いが店の融資をしてくれる」との連絡が。父のためにとお見合いに向かうと、そこに悠希が現れて⁉　しかも彼の溺愛猛攻は止まらず、甘さを増すばかりで…！

ISBN 978-4-8137-1673-0／定価770円（本体700円＋税10%）

ベリーズ文庫 2024年12月発売

『別れた警視正パパに見つかって情熱愛に捕まりました』森野《もりの》りも・著

花屋で働く佳純。密かに思いを寄せていた常連客のクールな警視正・瞬と交際が始まり幸せな日々を送っていた。そんなある日、とある女性に彼と別れるよう脅される。同じ頃に妊娠が発覚するも、やむをえず彼との別れを決意。数年後、一人で子育てに奮闘していると瞬が現れる！　熱い溺愛にベビーごと包まれて…！

ISBN 978-4-8137-1674-7／定価781円（本体710円＋税10%）

『天才脳外科医はママになった政略妻に2度目の愛を誓う』白亜凛《はくありん》・著

総合病院の娘である莉子は、外科医の啓介と政略結婚をし、順調な日々を送っていた。しかしある日、莉子の前に啓介の本命と名乗る女性が現れる。啓介との離婚を決めた莉子は彼との子を極秘出産し、「別の人との子を産んだ」と嘘の理由で別れを告げるが、啓介の独占欲に火をつけてしまい――!?

ISBN 978-4-8137-1675-4／定価781円（本体710円＋税10%）

『塩対応な魔法騎士のお世話係はじめました。ただの出稼ぎ令嬢なのに、重めの愛を注がれてます!?』瑞希《みずき》ちこ・著

出稼ぎ令嬢のフィリスは世話焼きな性格を買われ、超優秀だが性格にやや難ありの魔法騎士・リベルトの専属侍女として働くことに！　冷たい態度だった彼とも徐々に打ち解けてひと安心…と思ったら「一生俺のそばにいてくれ」――いつの間にか彼の重めな独占欲に火をつけてしまい、溺愛猛攻が始まって!?

ISBN 978-4-8137-1676-1／定価781円（本体710円＋税10%）

ベリーズ文庫 2025年1月発売予定

Now Printing

『溺愛致死量』 佐倉伊織《さくらいおり》・著

製薬会社で働く香乃子には秘密がある。それは、同じ課の後輩・御堂と極秘結婚していること！　彼は会社では従順な後輩を装っているけれど、家ではドSな旦那様。実は御曹司でもある彼はいつも余裕たっぷりに香乃子を翻弄し激愛を注いでくる。一見幸せな毎日だけど、この結婚にはある契約が絡んでいて…⁉

ISBN 978-4-8137-1684-6／予価770円（本体700円＋税10%）

Now Printing

『タイトル未定（海上自衛官）【自衛官シリーズ】』 皐月《さつき》なおみ・著

横須賀の小さなレストランで働き始めた芽衣。そこで海上自衛官・晃輝と出会う。無口だけれどなぜか居心地のいい彼に惹かれるが、芽衣はあるトラウマから彼と距離を置くことを決意。しかし彼の深く限りない愛が溢れ出し…「俺のこの気持ちは一生変わらない」——運命の歯車が回り出す純愛ラブストーリー！

ISBN 978-4-8137-1685-3／予価770円（本体700円＋税10%）

Now Printing

『御曹司様、あなたの子ではありません！～双子ベビーがパパそっくりで隠し子になりませんでした～』 伊月《いづき》ジュイ・著

双子のシングルマザーである楓は育児と仕事に一生懸命。子どもたちと海に出かけたある日、かつての恋人で許嫁だった皇樹と再会。彼の将来を思って内緒で産み育てていたのに——「相当あきらめが悪いけど、言わせてくれ。今も昔も愛しているのは君だけだ」と皇樹の一途な溺愛は加速するばかりで…⁉

ISBN 978-4-8137-1686-0／予価770円（本体700円＋税10%）

Now Printing

『本日で人妻を終了させていただきます！～冷徹御曹司は政略結婚の妻を溺愛したい』 華藤《かとう》りえ・著

名家ながら没落の一途をたどる沙織の実家。ある日、ビジネスのため歴史ある家名が欲しいという大企業の社長・瑛士に一億円で「買われる」ことに。愛なき結婚が始まるも、お飾り妻としての生活にふと疑問を抱く。自立して一億円も返済しようとついに沙織は離婚を宣言！　するとなぜか彼の溺愛猛攻が始まって⁉

ISBN978-4-8137-1687-7／予価770円（本体700円＋税10%）

Now Printing

『この恋は演技』 冬野《とうの》まゆ・著

地味で真面目な会社員の紗奈。ある日、親友に頼まれ彼女に扮してお見合いに行くと相手の男に襲われそうに。助けてくれたのは、勤め先の御曹司・悠吾だった！紗奈の演技力を買った彼に、望まない縁談を避けるためにと契約妻を依頼され⁉見返りありの愛なき結婚が始まるも、次第に悠吾の熱情が露わになって…。

ISBN 978-4-8137-1688-4／予価770円（本体700円＋税10%）

タイトル、価格等は変更になることがございますのでご了承ください。